鹏城春声

深圳文化旅游诗篇

陈振提 著

深圳报业集团出版社

责任编辑：谭祎波
技术编辑：杨　杰　林洁楠
装帧设计：任　敏

图书在版编目（CIP）数据

鹏城春声：深圳文化旅游诗篇 / 陈振提著. -- 深圳：深圳报业集团出版社，2017.12

ISBN 978-7-80709-828-7

Ⅰ.①鹏… Ⅱ.①陈… Ⅲ.①诗词—作品集—中国—当代 Ⅳ.①I227

中国版本图书馆 CIP 数据核字（2017）第 284958 号

鹏城春声

Pengcheng Chunsheng

陈振提 / 著

深圳报业集团出版社出版发行
（518034　深圳市福田区商报路 2 号）
深圳市贤俊龙彩印有限公司印制　新华书店经销
2017 年 12 月第 1 版　2017 年 12 月第 1 次印刷
开本：787mm×1092mm　1/16
字数：260 千字　印张：20
ISBN 978-7-80709-828-7　定价：45.00 元

作者简介

陈振提，字兴起。汕尾籍深圳市人、研究生、国家二等功臣、荣誉军人。曾任深圳市旅游企业总经理兼党支部书记等职。现为中华文化名人堂文学艺术组成员、深圳市潮汕商会文化顾问。

1994年6月在深圳特区报文艺部副主任关飞的文章《怪才》中被称为“出口成章的企业家文化名人”，同年8月在解放军报记者吉骏跃的文章中被誉为“军中才子”；1996年应邀分别在深圳电视台、深圳广播电台文化直播室等节目作主讲嘉宾，同年参加中央电视台节目《健康饮食文化服务》作主讲嘉宾。原创对联分别被中国军事博物馆、中央统战部收藏；作品《龙腾鹏城》被剑桥大学图书馆收藏，集字创作《日进斗金》；出版的诗集《中华节日文化诗传》《百花诗卷》被国家图书馆等文化机构陈设收藏，受到读者欢迎。

前 言

鹏城是拥有中国十大最美海岸之一的滨海城市。它因海岸风光、人文景观、历史古迹、红色文化、现代建筑形成了独特的文化旅游圈。特区的地理环境、人群密度、文化结构、改革政策和创新精神，推动了特区文化的迅速发展。以华侨城系列为龙头的文化旅游让人们大饱眼福，同时也体现出深圳理念创意的高水准，先后被联合国作为发展研究报告标榜，创造了深圳奇迹。

笔者有深圳市旅游企业任职经历，因工作的便利和爱好走遍了鹏城所有旅游景点和文化活动场所。受各景观美感和文化场所的启发，动心、动情、动笔。用十年时间到本书每首诗现场体验创作灵感，以中华传统文化中的诗词歌赋形式，分八部分来描写现代景物。本书几乎写尽深圳所有文化旅游景点和笔者涉及的各文化场所，清诗秀句，简明易懂，朗朗上口，是撰写深圳特区文化旅游的佳作。本书奉献给文化旅游爱好者，希望《鹏城春声》唱响世界！

由于本人水平有限，不足之处在所难免，敬请广大读者、贤达雅士批评教正，以便再版时修正。

目 录

鹏城八景篇

历史古迹篇

人文景观篇

滨海风光篇

公园文化篇

文化场馆篇

宗教场所篇

会展文化篇

社会活动篇

鹏城八景篇

鹏城八景[1]

莲山春早[2]碧芳[3]催，烟雨梧桐[4]岚雾[5]开。
锦绣侨城[6]载德誉[7]，大鹏古韵[8]占头魁[9]。
羊台叠翠[10]赏春景，踏浪梅沙[11]洗垢埃。
溢彩深南[12]华盛[13]世，一街两制[14]慕名来。

注释

1. 鹏城八景：2004年2月28日，由深圳市委宣传部、深圳市文化局共同举办的“深圳八景”评选活动揭晓。深圳市民、专家历时半年精心选出了城市的新名片，为深圳这座美丽的城市增添了系列文化旅游内容。大鹏所城（大鹏古城）、莲山春早（莲花山）、侨城锦绣（华侨城）、深南溢彩（深南大道）、梧桐烟云（梧桐山）、梅沙踏浪（大梅沙、小梅沙）、一街两制（中英街）和羊台叠翠（羊台山）在31处候选景观中脱颖而出，共同组成新的“深圳八景”。

2. 莲山春早：莲花山。评选出来的“深圳八景”31处候选景观中评为第二名。
3. 碧芳：指绿叶。例句：唐·白居易《秋题牡丹丛》诗：“红艳久已歇，碧芳今亦销。”比喻青春、韶光。
4. 烟云梧桐：梧桐山。评选出来的“深圳八景”31处候选景观中评为第五名。
5. 岚雾：山中雾气。例句：唐·刘恂《岭表录异》卷上：“岭表山川，盘郁结聚，不易疏泄，故多岚雾作瘴，人感之多病，腹胀成蛊。”
6. 锦绣侨城：华侨城景区。评选出来的“深圳八景”31处候选景观中评为第三名。
7. 德誉：美好的声誉。例句：《三国志·魏志·王昶传》：“甘露四年薨，谥曰穆侯，子浑嗣”；南朝·宋·裴松之注：“昶诸子中，湛最有德誉。”
8. 大鹏古韵：大鹏古城。评选出来的“深圳八景”31处候选景观中评为第一名。
9. 占头魁：各种竞赛活动中取得第一名。例句：明·王玉峰《焚香记·托寄》：“科场事幸然占魁，名忝状元。”

10. 羊台叠翠：羊台山。评选出来的“深圳八景”31处候选景观中评为第八名。

11. 踏浪梅沙：大、小梅沙。评选出来的“深圳八景”31处候选景观中评为第六名。

12. 溢彩深南：深南大道。评选出来的“深圳八景”31处候选景观中评为第四名。

13. 华盛：繁华兴盛。例句：《资治通鉴·隋炀帝大业六年》：“先命整饬店肆，盛设帷帐，珍货充积，人物华盛。”

14. 一街两制：中英街。评选出来的“深圳八景”31处候选景观中评为第七名。

历史古迹篇

渔家傲·游大鹏古城[1]

碧海瑶池[2]开道古[3]，大鹏展翅双挥羽[4]。倭寇[5]临城摧战鼓，分疆[6]土，抗英[7]侵扰如飞虎。

守御[8]东南驱外户[9]，神威关帝[10]长刀舞。天后娘娘[11]安难苦，江界[12]柱，旌旗招展将军府[13]。

注释

1. 大鹏古城：今日深圳的简称“鹏城”即源于此。当时盗匪和倭寇横行，大鹏所城从海路与东莞守御千户所一起扼守珠江口，是控制外来入侵我南粤的必经之路，地势险要，战略地位重要。所城分别为东门街、南门街和正街。主要建筑有左营署、参将府、守备署、军装局、火药局、关帝庙、赵公祠、天后庙等。古城内有振威将军第、刘起龙将军第等，建筑规模宏伟，保存完好。由于大鹏古城独特的地理位置和自然景观，2004年被评为深圳八景之首。

2. 瑶池：美池，多指宫苑中的池。例句：唐·陆扆《禁林闻晓莺》诗："绣户惊残梦，瑶池啭好音。"诗中作为美丽自然风光好的比喻。

3. 道古：称道古代；谈论过去。例句：《史记·李斯列传》："古者天下散乱，莫能相一，是以诸侯并作，语皆道古以害今，饰虚言以乱实，人善其所私学，以非上所建立。"

4. 挥羽：谓指挥统率军旅。羽，军旗。例句：明·王世贞《赠梅将军》诗："建牙沧海日，挥羽蓟门烟。"

5. 倭寇：十四至十六世纪侵扰劫掠我国和朝鲜沿海地区的日本海盗。抗日战争期间，我国人民亦用以称日本侵略者。例句：明·谢肇淛《五杂俎·地部一》："亦使浙直诸军士因之习于海战，倭寇之来，可以截流而御之。"

6. 分疆：分守之地，谓辖境。例句：宋·梅尧臣《送吴给事移淮西》："夹路车徒盛，分疆禾黍秋。"

7. 抗英：在鸦片战争中英勇斗争。1841年5月29日，英军闯入广州城北郊三元里抢劫。次日，附近一百零三乡民众同英军在牛栏冈展开激战，打死打伤几十名英军，广州附近几个县的数万民众乘胜进攻，围困英军盘踞的四方炮台。英军向广州官府求救，广州知府强迫村民解散。

8. 守御：防守；防御。例句：《国语·齐语》："君有攻伐之器，小国诸侯有守御之备，则难以速得志矣。"
9. 外户：喻屏障或出入要地。例句：子虚子《湘事记》："其城与岳州犄角，又为湘之外户。"
10. 关帝：即三国·蜀·关羽。明万历二十二年（1594年）晋进爵为帝，故称。例句：清·袁枚《新齐谐·十八滩头》："湖南巡抚某平时敬奉关帝。每月旦先赴关庙行香求签，问本年休咎。"
11. 天后娘娘：即天妃、妈祖。海神名。例句：清·袁枚《新齐谐·天后》："林远峰曰：天后圣母，余二十八世祖姑母也。未字而化，灵显最着，海洋舟中，必虔奉之。遇风涛不测，呼之立应。"
12. 江界：江水形成的天然分界。例句：唐·白居易《元微之除浙东观察使喜得杭越邻州先赠长句》："郡楼对玩千峰月，江界平分两岸春。"
13. 将军府：将军的府第。例句：元·萨都剌《京城春日》诗："旌旗日暖将军府，弦管春深宰相家。"古城内有振威将军第、刘起龙将军第。

南头古城

江海要冲画界疆，粤军守御东南方。

国防重镇屏藩[1]翼，船户边城劫历[2]长。

鸦片欺侵英掳掠[3]，军民抵敌举刀枪。

岭南古韵云龙彩，城壁遗存焕景光。

注释

1. 屏藩：比喻四周的疆土或防御设施。例句：清·顾炎武《京口》诗之一："囊括苏松储陆海，襟提闽浙壮屏藩。"

2. 劫历：犹劫运；劫数。例句：前蜀·杜光庭《李延福为蜀王修罗天醮词》："绵劫历以长存，后天地而攸久。"
3. 掳掠：俘虏人口和抢劫财物。《东观汉记·冯异传》："更始诸将，纵横暴虐，所至掳掠，百姓失望。"

南头古城位于深圳市南山区，是目前深圳最具规模的历史文物旅游景点，具有1730余年的悠久历史，属古代海防军事重镇。自晋代以来，香港、澳门、珠海、中山、东莞等地长期隶属南头古城管辖。1840年鸦片战争事发，香港从新安县割去，南头古城见证了新安人民在抗击英军侵略的斗争中发挥的重要作用。

水调歌头·中英街

深港翕骈[1]孕，封界[2]划中英。街心以石为证，镜史[3]志传[4]名。西侧为英越凌[5]，东侧为华督领[6]，苍古树[7]连藤。日月相辉映，两地共繁荣。

滨近[8]影，雄狮醒，警钟鸣。百年忧病[9]，华夏屈辱列强盛。侵略联军横行，勇士抗争舍命，鹭鸟[10]叹悲声。九七回归[11]令，星月两齐明。

注释

1. 翕骈：谓并肩接踵。例句：清·赵翼《茅山纪游》诗之二：“时当二三月，群礼三茅仙，江国千里内，男妇尽翕骈。”
2. 封界：正其封界。例句：《续资治通鉴·宋·太宗太平兴国二年》：“自是各谨封界，秋毫不敢犯。”
3. 镜史：以历史为借鉴。例句：南朝·梁·王僧孺《为南平王妃拜改封表》：“妾瞻丝望悦，且或多惭；镜史观图，是焉知愧。”
4. 志传：撰述传记一类文字。例句：清·姜秉初《〈小螺庵病榻忆语〉书后一》：“畹兰女史名香祖，归杨氏，戊辰岁以孝旌于朝，异日志传，必有能传其人者。”
5. 越凌：侵越；冲犯。例句：《淮南子·兵略训》：“前后正齐，四方如绳，出入解续，不相越凌。”
6. 督领：统领军队；监督统率。例句：清·马建忠《上李伯相复议何学士如璋奏设水师书》：“中国初设水师，但得督领十人，管领五十人，佐领二百人，已可应用不匮。”
7. 苍古树：指古榕树。位于中英街第四号界碑旁，树干苍劲，枝繁叶茂，由于树根长在深圳一方，叶枝覆盖香港一方，被喻为“根在祖国，叶覆香港”。同时也见证了中英街的百年沧桑和屈辱历史。
8. 滨近：临近；靠近。
9. 忧病：犹言忧愁痛苦。例句：《诗·周颂·闵予小子》：“遭家不造，嬛嬛在疚。”汉·郑玄笺：“嬛嬛然孤特，在忧病之中。”

10. 鹭鸟：鹭鸟是鹳形目鹭科鸟类的通称，这是一种很古老的鸟类。沙头角旧时称鹭鸟径。

11. 九七回归：1997年7月1日零时，香港回归祖国。

1898年刻立的“光绪帝24年中英地界第1号”的界碑，将沙头角一分为二，东侧为华界沙头角，西侧为英（港）界沙头角，故名“中英街”。1899年6月9日，在英帝国主义武力逼迫下，李鸿章与英国驻华公使窦纳乐在北京签订了中英《展拓香港界址专条》，条约规定将九龙半岛及附近海域租给英国，期限为99年。

1951年2月15日，广东省政府开始实行边境管理，所有人员均须凭深圳市公安机关签发的《出入境通行证》从正式口岸进出境。

凤凰古村

伏夏炎炎畅盛阳[1]，东风阵阵兰花香。
黄黄瓮瓦筑农舍，绿绿雕房是客乡。
岁岁逛游豪放步[2]，年年结伴古村行。
纯纯朴素民风好，叠叠春声时德[3]长。

注释

1. 畅盛阳：畅盛：旺盛；兴盛。例句：李大钊《青春》：“回溯往祀，是等国族，固皆尝有其青春之期，以其畅盛之生命，展其特殊之天才。”盛阳：旺盛的阳气。例句：《汉书·五行志中之上》：“其卦曰《归妹》，言雷复归，入地则孕毓根核，保藏蛰虫，避盛阴之害；出地则养长华实，发扬隐伏，宣盛阳之德。”

2. 豪放步：豪放：雄豪奔放，也指气魄大而不拘小节，行列颇为壮丽和豪放。例句：《北史·张彝传》：“彝少而豪放，出入殿庭，步眄高上，无所顾忌。”放步：迈开大步。例句：唐·孟郊《西上经灵宝观》诗：“放步霁霞起，振衣华风生。”

3. 时德：指当时有美德之人。例句：《后汉书·和帝纪赞》：“抑没祥符，登显时德。”

年轻的深圳，东有大鹏所城，西有凤凰古村。凤凰古村是文天祥族人后裔、文氏宗族的祖居和民居，被深圳市列为六大重点古村落之一。在深圳西部福永街道凤凰社区，有一座具700多年历史的古村落。

坪山客家居

阡陌[1]纵横河曲长，远离闹市柳风[2]凉。
移风易俗开先例，破旧弘新妍妙[3]方。
蜜蜜果园华叶[4]嫩，淙淙流水小沟行。
阿婆健步身如燕，龙屋遗风[5]是客乡。

注释

1. 阡陌：田间小路。例：阡陌交通。例句：晋·陶渊明《桃花源记》：“田野，垄亩，援旗誓众，奋于阡陌之上。”

2. 柳风：指春风。例句：唐·温庭筠《更漏子》词之二：“兰露重，柳风斜，满庭堆落花。”
3. 妍妙：美好；美妙。例句：南朝·齐·萧子良《答王僧虔书》：“若子邑之纸，妍妙辉光；仲将之墨，一点如漆。”
4. 华叶：花与叶。例句：战国·楚·宋玉《风赋》：“乘凌高城，入于深宫，邸华叶而振气。”
5. 遗风：前代或前人遗留下来的风教。例句：《楚辞·九章·哀郢》：“哀州土之平乐兮，悲江介之遗风。”

深圳坪山客家村位于坪山镇坪山墟西南的客家村。为古堡式客家围龙屋建筑，建于清乾隆年间，围龙屋大门向南，门楼上塑有“大万世居”四个大字。大门前为禾坪，再前是月形池塘，禾坪侧仍保留有旗杆。坪山客家村是深圳典型的客家转龙屋，有浓厚的民俗特点，对了解客家民俗及其源流和民族迁徙史有重大价值。

老东门

怀旧幽思诚贯心[1]，边陲圩镇建年深[2]。
人文街景客乡俗，世纪铜钟[3]虹玉音[4]。
倩女俊男俏货[5]色，春衫鞋帽枕鸳[6]衾。
潮流时尚缤纷沓[7]，鼎沸人头创古今。

注释

1. 贯心：深入心中；熟悉明了。例句：《晋书·凉武昭王玄盛传》："富贵而不骄者至难也，念此贯心，勿忘须叟。”

2. 年深：历史时间久长。例句：唐·柳宗元《祭弟宗直文》：“由吾被谤年深，使汝负才自弃。”
3. 世纪铜钟：广场设置了青铜大钟，早晚会各敲响一次，早上鸣钟表现人们对新的一天的希望与祈盼，晚上鸣钟表现人们一天的辛劳与收获，体现了时间就是金钱、效率就是生命的丰富内涵。
4. 玉音：清雅美妙的声音。例句：《尚书大传》：“折玉音金声玉色。”
5. 俏货：销路好的商品。例句：商业部门不愿把好货、俏货给供销社。
6. 枕鸳：绣在枕上的鸳鸯；借指情侣。例句：宋·晏几道《阮郎归》词：“衾凤冷，枕鸳孤。愁肠待酒舒。梦魂纵有也成虚，那堪和梦无。”
7. 纷沓：纷冗繁杂。例句：《南齐书·萧颖胄传》：“董帅熊罴之士十有五万，征鼓纷沓，雷动荆南。”

深圳老街形成于明代中期，又叫“深圳旧墟”，深圳市区就是以此为基点发展起来的。现在街景既有物质的，也有精神的——老街广场的世纪钟、青铜浮雕“东门墟市图”、巨型铜秤雕塑、思月书院、岭南建筑风格的风貌街。这些具有明显历史特征的人文街景，都能给人一种艺术享受，引发怀旧之幽思，而整个街区布局，各种服务性设置，从中又能品尝出“以人为本”的哲学意味。

罗湖桥

昏朝[1]腐朽列英强，割占香江[2]设布防。
铁板飞桥身见证，家门放步[3]心蒙霜。
回归祖国[4]百年梦，来往边关十八方。
昔日挑夫[5]洒泪汗，今朝昂首[6]换红装。

注释

1. 昏朝：朝夕亦指短时间，指清朝末期统治者昏庸，政府无能。例句：明·俞安期《望潮》诗："纷纷灵异变昏朝，阴火随波远自飘。”

2. 割占香江：香江称香港。
3. 放步：迈开大步。例句：清·阎尔梅《春日寄怀王似鹤》诗：“朱弦缥缈忆雍丘，送我西南放步游。”
4. 回归祖国：根据中英联合声明，1997年7月1日香港回归中国，设香港特别行政区，中国政府实行一国两制管治。
5. 挑夫：为他人挑物谋生卖苦力的人。例句：中国近代史资料丛刊《太平天国·太平条规》：“不得枉杀老弱、无力、挑夫。”
6. 昂首：挺胸膛向前走。例句：元·周伯琦《天马行应制作》诗序：“曲项昂首，神骏超逸。”

罗湖桥原一头是内地，一头是英租地香港。在灾难深重的旧中国，罗湖桥成了西方列强侵略我国的通道。他们将掠夺的物资、矿产，通过这座桥运出海外。无数饥寒交迫的穷苦人民，含着眼泪从桥上走过，背井离乡去海外谋生……那时候，罗湖桥成了中华民族的耻辱桥和血泪的见证。

如今罗湖桥是全国最大客流口岸，称为天下第一大“关”，也是我国对外开放最早的国门。

大鹏将军府

大鹏海御粤前沿，镇守边防铁石坚。

三代振威帝赐赏[1]，振威封号[2]赤光宣[3]。

将军府邸雕龙柱，遗迹清风画凤肩。

文化熏陶客史远，浩然正气开承传[4]。

注释

1. 赐赏：赏赐。例句：《管子·法禁》："乱国之道，易国之常，赐赏恣于己者，圣王之禁也。"

2. 振威封号：清朝廷给予的荣誉称号。
3. 赤光宣：犹发扬光大。例句：《陈书·废帝纪》："克嗣洪基，光宣宝业，惠养中国，绥宁外荒。"
4. 开承传：开承：犹言承先启后。例句：明·高攀龙《家谱·谱传》："吾甚惧前者之弗着，来者之无闻，其于开承奚赖？谱其弗可已也。"承传：继承并使流传下去。例句：承传文化遗产。

1984年9月6日，东山寺、石碑坊、赖恩爵振威将军第、刘起龙将军第、坑烟墩、赖恩爵振威将军墓等为第二批深圳市文物保护单位。1995年，大鹏古城被定为深圳市爱国主义教育基地。

沁园春·博物馆

南粤边窗，镜史漫长，客裔旅装。看先民笃向[1]，范轨辈行[2]，捕鱼织网，足迹流芳[3]。基业弘彰[4]，民风端爽[5]，种养蚕耕育梓桑。邻香港，两地频来往，同饮东江。

百年征战难忘，守重镇边防护域疆。御日英列强[6]，军民抵抗，雄兵盛壮，踏浪飞航，威震南洋。古香陈放[7]，绚丽多姿珠馆藏[8]。心舒爽[9]，爱国相希望，走向辉煌。

注释

1. 笃向：专诚向往。例句：《太平广记》卷三引《汉武内传·汉武帝》："何必令其仓卒舍天下之尊，而便入林岫，但当问笃向之志，必卒何如。"
2. 范轨辈行：范轨：流传美好名誉。例句：《三国志·魏志·文德郭皇后传》："并以贤明，犹规范。"行辈。唐·韩愈《唐故江南西道观察使太原王公神道碑铭》："读书着文，其誉蔼郁，当时名公，皆折官位辈行，愿为交。"
3. 流芳：流芳上世；光大显扬。
4. 弘彰：光大显扬。例句：唐·黄滔《知白守黑赋》："弘彰典式，克免危颠。"
5. 端爽：正直爽朗。例句：宋·朱弁《曲洧旧闻》卷三："二程从父兄南游，时方十余岁，茂叔爱其端爽。"
6. 日英列强：以日本、英国为首的侵略者。
7. 古香陈放：指图书、藏画、法帖等发出的气味。例句：宋·陆游《小室》诗："窗几穷幽致，图书发古香。"陈白尘《大风歌》第一幕："长乐宫前殿中庭，陈放刘邦梓宫。"
8. 珠馆藏：珠馆：精美的馆舍。例句：南朝·梁·陆倕《和昭明·太子钟山解讲》："当衢启珠馆，临下构山楹。"

馆藏：图书馆、博物馆等收藏的图书、器物等。

9. 舒爽：舒适爽快。例句：听了这些话，他感到心头舒爽了不少。

深圳博物馆是一座以地志性为主的综合类博物馆，是深圳文物收藏和历史研究中心。始建于1981年，于1988年11月开馆。1995年5月，深圳博物馆被深圳市委、市政府命名为市级爱国主义教育基地。获2014年度深圳市文化志愿服务先进单位、2014年度深圳市文化志愿服务示范项目。

满江红·文天祥祠

为国精忠，护大宋、才华潮涌。俊拔[1]用，攀龙附凤，状元封宠[2]。百代文宗长敬颂，一身正气才情重。歌临空、幽婉化霓虹，霞云动。

睡眼蒙、朝失统，魂断梦、君悲痛。鬼神多捉弄、战端嘲讽[3]，殉国亡身天雨冻，舍生取义丹心供。问世间、寰宇五洲同，谁能共？

注释

1. 俊拔：卓异出众。例句：唐·杜甫《殿中杨监见示张旭草书图》诗：“俊拔为之主，暮年思转极。”
2. 封宠：封赏宠赐。例句：三国·蜀·诸葛亮《为后帝伐魏诏》：“有能弃邪从正，箪食壶浆以迎王师者，国有常典，封宠大小，各有品限。”
3. 嘲讽：嘲笑讽刺。例句：清·捧花生《画舫馀谭》卷一：“演未半，伶人以小故迕主人，主人诮让之。伶人暗于宾白中事嘲讽，主人忿甚，几至用武，竟不欢而散。”

文天祥（1236年6月6日—1283年1月9日），初名云孙，字宋瑞，一字履善。道号浮休道人、文山。江西吉州庐陵（今江西省吉安市青原区富田镇）人，宋末政治家、文学家，爱国诗人，抗元名臣，与陆秀夫、张世杰并称为“宋末三杰”。宝祐四年（1256年）状元及第，官至右丞相，封信国公。于五坡岭兵败被俘，宁死不降。至元十九年（1282年）十二月初九，在柴市从容就义。著有《文山诗集》《指南录》《指南后录》《正气歌》等。

文天祥祠位于深圳南山区南头古城现中山东路15号，是清嘉庆年间为纪念文天祥修建的一座祠堂。这座具有纪念意义的古迹，是南头城中保存最为完整并且规模最大的古建筑，是广东省第一批文物保护单位。

人文景观篇

锦绣中华

盘古开锄动地天，龙孙凤子造村田。
皇宫画殿[1]红墙里，山水亭台翠柳烟[2]。
湖泊江河连四海，长城叠岭到祁连。
仰头眺望碧空尽[3]，锦绣中华尽斗妍。

注释

1. 画殿：雕饰华丽的宫殿。例句：《南齐书·皇后传·武穆裴皇后》："宫内御所居寿昌画殿南阁，置白鹭鼓吹二部；干光殿东西头，置钟磬两厢：皆宴乐处也。"

2. 柳烟：柳树枝叶茂密似笼烟雾，因以为称。例句：唐·杜牧《汴人舟行答张祜》诗："春风野岸名花发，一道帆樯画柳烟。"

3. 碧空尽：碧空：蔚蓝色的天空。例句：唐·李白《黄鹤楼送孟浩然之广陵》诗：孤帆远影碧空尽。空尽：竭尽；凋敝。例句：《后汉书·袁安传》："今北庭弥远，其费过倍，是乃空尽天下，而非建策之要也。"

锦绣中华是我国最早的文化主题公园，坐落在风光绮丽的深圳湾畔。是目前世界上面积最大、内容最丰富的实景微缩景区，占地450亩，"一步迈进历史，一天游遍中华"是该景点的口号，园中的82个景点均按中国版图位置分布，大都按1∶15复制。游客在村寨里除了可以欣赏到各种民族表演游行和民间喜庆节日活动，还可领略到真正的少数民族文化。夜幕降临，华灯璀璨，夜游锦绣中华又是另一番情趣。

世界之窗

远古奇观足迹留，辉煌灿耀越千秋。
凌空铁塔邈云汉[1]，峡谷乘船急水流。
模特登台竞走秀，达人献艺玩飞球。
佳人牵手赏风景，一日观游五大洲[2]。

注释

1. 云汉：银河系。例句：张九龄《奉和圣制途经华山》：“万乘华山下，千岩云汉中。”
2. 五大洲：世界陆地旧分为亚洲、欧洲、非洲、大洋洲、美洲，合称为“五大洲”。

深圳世界之窗是一座大型文化旅游景区，是深圳最为著名的旅游景点之一。占地48万平方米。集世界奇观、自然风光、民俗风情、民间歌舞于一园，再现了一个美妙的世界。世界广场、世界雕塑园、巴黎之春购物街和侏罗纪天地共同构成千姿万态、美妙绝伦，让人惊叹的人造主题公园。

景区按世界地域结构和游览活动内容分为世界广场、亚洲区、大洋洲区、欧洲区、非洲区、美洲区、世界雕塑园和国际街八大景区，内建有130个景点。

中国民俗文化村

身临其境赏椰林[1]，村寨风情听惠音[2]。

绿水环城穿玉壁，小舟筏渡荡湖心。

草楼潜映旧欢趣，瀑布飞流春气深。

一代天骄恋马战，民居荟萃碧清琴[3]。

注释

1. 椰林：指我国海南岛成片生长的椰子树，又叫椰子林。例句：叶剑英《远望》诗：“赤道雕弓能射虎，椰林匕首敢屠龙。”

2. 惠音：清扬和畅之音。例句：晋·陆机《拟古诗》之九："闲夜抚鸣琴，惠音清且悲。"
3. 清琴：音调清雅的琴。例句：三国·魏·曹丕《善哉行》之四："有客从南来，为我弹清琴。"

中国民俗文化村位于深圳市锦绣中华的西侧，内含22个民族的25个村寨，均按1：1的比例建成。通过民族风情表演、民间手工艺展示、定期举办大型民间节庆活动，如华夏民族大庙会、泼水节、火把节、西双版纳风情月、内蒙古风情周等多种方式，多角度、多侧面地展示出我国各民族原汁原味、丰富多彩的民风民情和民俗文化，让游客充分感受中华民族的灵魂和魅力。中国民俗文化村以"二十五个村寨，五十六种民族风情"的丰厚底蕴赢得了"中国民俗博物馆"的美誉。

欢乐谷

野趣[1]分然何处寻？雪山飞瀑过丛林。
魔踪幻影惊魂魄，扑朔迷离厉鬼[2]音。
亦幻亦真迷醉眼，美轮美奂[3]沁人心。
霓裳[4]街舞换装秀，风语神泉蹈雅[5]吟。

注释

1. 野趣：荒山野外的情趣。例句：宋·周密《癸辛杂识前集·吴兴园圃》："倪文节别墅，在岘山之傍，取浮玉山、碧浪湖合而为名。中有藏书楼，极有野趣。"

2. 厉鬼：恶鬼。例句：唐·韩愈《柳州罗池庙碑》：“福我兮寿我，驱厉鬼兮山之左。”
3. 美轮美奂：盛大；鲜明；亮堂。多形容建筑物雄伟壮观、富丽堂皇。轮，高大的样子。奂，繁复的样子。例句：《礼记·檀弓》：“美哉轮焉，美哉奂焉。”
4. 霓裳：神仙的衣裳。相传神仙以云为裳。例句：《楚辞·九歌·东君》：“青云衣兮白霓裳，举长矢兮射天狼。”
5. 蹈雅：遵行典雅，指文人雅兴吟咏。例句：清·姚鼐《夏县知县新城鲁君墓志铭》：“美哉鲁君，其行企矩，其文蹈雅。”

深圳欢乐谷是首批国家5A级旅游景区，1998年开业以来，入园人数连续十年居国内第一，并连续四年荣膺亚太十大主题公园称号，成为中国主题公园行业的领跑者。

踏莎行·民俗文化村圆明园

帝室华庭，皇闱[1]虹映[2]，避喧听政[3]屏风影。众星拱月[4]绮纷[5]营，热河避暑遐幽[6]静。

宫苑空灵[7]，列强横行，联军烧杀怜哀哽[8]。泱泱华夏受欺凌[9]，悲歌一曲长悠永[10]。

注释

1. 皇闱：皇宫的门。亦指皇宫。例句：晋·傅咸《赠何劭王济》诗："赫赫大晋朝，明明辟皇闱。"

2. 虹映：道教谓九天之上的天。例句：《云笈七签》卷五一："金珰者九天魄灵，九天之上名曰虹映，一名上清华，盖阴景之内真。"
3. 避喧听政：园内景点名称。
4. 众星拱月：园内景点名称。
5. 绮纷：纷繁；复杂。
6. 遐幽：精深微妙的境界。例句：王闿运《衡州西禅寺碑》："普明法师俗姓刘氏，酃县人也。早受具戒，已契遐幽；不务语言，惟崇苦行。"
7. 空灵：清净。例句：冰心《寄小读者》："有时半夜醒来，万籁俱绝，皓月中天，翛然四顾，觉得心中一片空灵。"
8. 哀哽：悲哀哽咽。例句：《南史·晋熙王昶传》："因把姬手南望恸哭，左右莫不哀哽。"
9. 欺凌：欺压凌辱。例句：唐·孙鲂《柳》诗："颠狂絮落还堪恨，分外欺凌寂寞人。"
10. 悠永：指声音徐缓而持久。例句：明·胡应麟《诗薮·近体下》："节促于歌行，而咏叹悠永过之。"

圆明园始建于1709年，是清代一座大型皇家宫苑，园中面积340多公顷，建筑面积达20万平方米，150余景，有"万园之园"之称。清帝每到盛夏就来到这里避暑、听政、处理军政事务，因此也称"夏宫"。1860年英法联军洗劫圆明园，文物被劫掠。八国联军侵华战争之后，又遭到官僚、军阀、土匪的毁灭打击，终变成一片废墟。

在清王朝150余年的创建和经营下，圆明园曾以其宏大的地域规模、杰出的营造技艺、精美的建筑景群、丰富的文化收藏和博大精深的民族文化内涵而享誉于世，被誉为“一切造园艺术的典范”，被法国作家维克多·雨果誉为“理想与艺术的典范”。

东方霓裳

华夏文明虞舜[1]年，旗袍古韵绣金边。
曲麻巧妙织英丽[2]，龙凤呈祥焕灿然。
蝴蝶恋花饮雾露[3]，清荷玉藕绿殷妍[4]。
矜持凝练[5]阐幽雅，栩栩如生[6]滴翠烟[7]。

注释

1. 虞舜：上古五帝之一。姓姚，名重华，因其先国于虞，故称虞舜。为古代传说中的圣君。例句：《书·尧典》："师锡帝曰：有鳏在下，曰虞舜。帝曰：俞，予闻，如何？岳曰：瞽子、父顽、母嚚、象傲，克谐以孝，烝烝义，不格奸。”

2. 英丽：犹奇丽。例句：晋·潘岳《射雉赋》：“聿采毛之英丽兮，有五色之名翚。”
3. 雾露：喻恩泽。例句：五代·王定保《唐摭言·师友》：“虚往实归，沾雾露之微润；裒多益寡，落邱山之一毫。”
4. 殷妍：红艳。例句：五代·齐己《江寺春残寄幕中知己》诗之二：“冷淡独开香火里，殷妍行列绮罗中。”
5. 凝练：简洁而无铺张赘言。例如：文字凝练。
6. 栩栩如生：栩栩：活泼生动的样子。指艺术形象非常逼真，如同活的一样。例句：出处《庄子·齐物论》：“昔者庄周梦为胡蝶，栩栩然胡蝶也，自喻适志与！不知周也。俄然觉，则蘧蘧然周也。”
7. 翠烟：青烟；烟霭。例句：宋·秦观《望海潮》词：“巷入垂杨，画桥南北翠烟中。”

民俗村“东方霓裳”表演是集民族服饰、舞蹈、音乐和舞美于一体的大型民族服饰舞蹈诗，分为“北国风、南疆花、西域雪、东海月、中华锦绣”五大部分。荣获第五届中国舞蹈最高奖项荷花奖和国际IAPAA奖。

浪淘沙·东部华侨城

碧海[1]岸边青，结伴前行，休闲度假养怡情[2]。梦幻神游幽秘[3]静，翠绿盈盈。

浪漫趣兴[4]生，放语[5]倾听。流光溢彩玉花瓶。绮树椰林观美景，赞语声声。

注释

1. 碧海：绿蓝的海洋。例句：宋·苏轼《登州海市》诗："斜阳万里孤鸟没，但见碧海磨青铜。"
2. 怡情：怡悦心情。例句：唐·袁郊《甘泽谣·陶岘》：

“居布素之贱，擅贵游之权，浪迹怡情，垂三十年，固其分也。”

3. 幽秘：深奥；神秘。例句：唐·崔融《嵩山启母庙碑》：“天道幽秘，生涯纠错。”
4. 趣兴：乐趣；兴致。例句：《红楼梦》第五回：“恨不能天下之美女，供我片时之趣兴。”
5. 放语：豪放之语。例句：明·胡应麟《诗薮·唐下》：“太白多率语，子美多放语，献吉多粗语。”

东部华侨城位于深圳大梅沙，占地近九平方公里，是由华侨城集团斥资35亿元精心打造的世界级度假旅游目的地，由国家环境保护部和国家旅游局联合授予的首个“国家生态旅游示范区”。

临江仙·欢乐海岸

比水为邻春藻荇[1]，海洋奇梦清宁[2]。烟波浩渺[3]翠云生。和诗吟咏，蝉鸟唱芳声[4]。

美妙绝伦浓绮[5]影，穿街水道澄清。晨霞碧雾绕香城[6]。人文佳境[7]，暮火照通明。

注释

1. 春藻荇：春藻：春日丽景。多指华丽的文辞。例句：南朝·梁·刘勰《文心雕龙·夸饰》："辞入炜烨，春藻不能程其艳；言在萎绝，寒谷未足成其凋。"藻荇：多年生草本植物，叶子略呈圆形，浮在水面，根生在水底，花黄色，蒴果椭圆形。

2. 清宁：清明宁静。例句：语本《老子》："昔之得一者，天得一以清，地得一以宁。"
3. 浩渺：广大辽阔；宏大。例句：唐·李益《送归中丞使新罗册立吊祭》诗："浩渺风来远，虚明鸟去迟。"
4. 芳声：美好的声誉。例句：汉·祢衡《鹦鹉赋》："于是羡芳声之远畅，伟灵表之可嘉。"
5. 浓绮：浓艳绮丽。例句：明·胡应麟《诗薮·古体下》："胜国歌行，多学李长吉、温庭筠者，晦刻浓绮，而真景真情，往往失之目前。"
6. 香城：指仙境。例句：清·厉鹗《东城杂记·灵芝寺》："信可以跨凤山之仙境，轶蓬岛之香城者矣。"
7. 佳境：风景优美的地方。例句：唐·杜甫《自瀼西荆扉且移居东屯茅屋》诗之四："幽独移佳境，清深隔远关。"

欢乐海岸是深圳华侨城都市娱乐投资公司开发建设的高品质人文旅游、国际创意生活空间的中心。位于深圳华侨城主题公园群与滨海大道之间，地处深圳湾商圈核心位置，是深圳市"塘朗山—华侨城—深圳湾"城市功能轴的起点。

青青世界

青青世界玉梳妆[1]，美景诗园瓜果黄。
鸟语花香蝶共舞，春风桃李燕飞翔。
远离都市喧嚣[2]地，移步华林静雅香。
亲子戏嬉农垦[3]乐，荷塘月色梦思[4]乡。

注释

1. 玉梳妆：玉梳：梳之美称。例句：唐·元稹《六年春遣怀》诗之四："玉梳钿朵香胶解，尽日风吹瑇瑁筝。"梳妆：妇女梳洗打扮。例句：唐·秦韬玉《贫女》："谁爱风流高格调，共怜时世俭梳妆。”

2. 喧嚣：吵闹；喧哗。例句：《南史·梁纪上·武帝上》：“时以宗庙去牲，则为不复血食，虽公卿异议，朝野喧嚣，竟不从。”

3. 农垦：农业垦殖；农垦区。例句：《新华日报》：“农垦精神，集中表现为艰苦奋斗，无私奉献，开拓创新。”

4. 梦思：梦中的思念。例句：唐·严武《酬别杜二》诗：“但令心事在，未肯鬓毛衰。最怅巴山里，清猿醒梦思。”

青青世界是深圳市著名的精致农业与观光旅游相结合的生态旅游景点，“鹏城十景”之一。获深圳市环保局和深圳市教育局授予“深圳市环境教育基地”的称号，广东省委宣传部、广东省环保局和广东省教育厅授予“广东省环境教育基地”的称号。在这里可以感受具有“地球之肺”之称的热带雨林、富有动感的环保打击乐，参观凶猛而又美丽的亚马逊河鱼类展、蝴蝶农场里翩翩起舞的蝴蝶、瓜果公园的奇瓜异果和花卉超市里千姿百态的花卉。

明斯克航母

宠物如山缓步爬，纵横四海驾云霞。
炮船颜面盛装改，甲板歌台挂彩[1]纱。
外体布陈[2]工细纺，内仓技艺研精华。
强弓利器今何在？解甲归田泊水涯[3]。

注释

1. 挂彩：谓遇喜庆事披挂彩绸。例句：《四游记·哪吒行兵收华光》："玉帝闻奏大悦，即宣哪吒到殿，封为定远征寇大元帅，赏金花二朵，御酒三杯，当殿挂彩出朝。"

2. 布陈：分布陈列。例句：汉·陆贾《新语·资质》：“冠带正容，对酒行觞，卿士列位，布陈宫堂，望之者目眩，近之者鼻芳。”
3. 水涯：海边；水边。例句：《易·渐》：“鸿渐于干。”唐·孔颖达疏：“干，水涯也。”

明斯克航母世界坐落在深圳市沙头角海滨，毗邻闻名遐迩的中英街，是中国乃至世界上第一座以航空母舰为主体的军事主题公园，被授予“全国科普教育基地”及“广东军事科普教育基地”等荣誉称号。

明斯克航母为苏联破旧退役的母舰，1998年由中信集团以530万美元购买，改造成旅游企业经营。2016年停业经营，船体今已拖离盐田港。

游动物园

动物分然习性常，爬飞凶猛隔离墙。

虎熊狮豹入笼舍，猴子山羊翻大箱。

华丽天鹅跳艳舞，机灵老鼠迎新娘。

象王跪拜行宾礼[1]，孤鸟鸣禽[2]喜气洋。

注释

1. 宾礼：上古朝聘之礼。例句：《周礼·春官·大宗伯》：“以宾礼亲邦国：春见曰朝，夏见曰宗，秋见曰觐，冬见曰遇，时见曰会，殷见曰同，时聘曰问，殷眺曰视。”
2. 鸣禽：鸣声悦耳的鸟类。例句：晋·谢混《游西池》诗：

“景昃鸣禽集，水木湛清华。”

深圳野生动物园是全国第一家由企业投资兴办的市政项目。建于山清水秀的深圳西丽湖畔，占地面积64万平方米，于1993年9月28日正式开业，为我国第一家集动物园、植物园、科普园等多种园艺、观赏功能为一体的亚热带新型园林生态环境风景区，荣获国务院授予的“中华之最”光荣称号。

三洲田

随山盘曲[1]树成林，石壁凌空[2]凤鸟音。

溅玉飞花[3]千叠影，鸿云断雾[4]月浮沉。

翠冈掩映[5]芳丛绿，秀顶繁然丽锦衾。

嫩碧茶青酣悦目，马峦瀑布[6]清风临。

注释

1—6. 三洲田风景区景点名称。

三洲田位于深圳盐田区大小梅沙及龙岗区坪山镇之间。以三洲田水库、茶园、瀑布的风景秀丽闻名深圳。

这里山青水碧、鸟鸣谷幽、云遮雾绕、幽静清妙，是深圳市唯一未被开发的风景处女地，马峦瀑布更是深圳最大的瀑布群。

海上田园风光

海边物土几登寻，绿色风光逸照[1]临。
耕作力劳育桂果，护林迈种栖鸳衾。
溪墘乡土凸洼[2]浅，湖泊渠沟凹水深。
泥淖[3]小鳅沟底串，小桥流水镜清音。
孩童嬉戏衣衫短，桑叶蚕丛雨点淋。
书院琼楼温玉[4]暖，木藤野舍抚筝琴。
田园度假赋诗咏，西部和歌朗诵吟。
雅座茶楼尝贡品，达明暮火醉春深。

注释

1. 逸照：灿烂的光辉。例句：唐·骆宾王《上瑕丘韦明府启》："灵襟转壁，绚逸照于兰池；神府惊苹，韵清音于桂浦。"
2. 凸洼：凸起。例句：宋·司马光《瘿盆》："昔时仙客浮孤槎，波浪渍朽成凸洼。"
3. 泥淖：泥泞的洼地。例句：清·纪昀《阅微草堂笔记》："旋风暴作，三马皆惊逸不可止。不趋其家而趋县城，飞渡泥淖，如履康庄。"
4. 温玉：和润的玉。例句：《梁书·刘孝绰传》："思乐惠音，清风靡闻，譬夫梦想温玉，饥渴明珠，虽愧卞随，犹为好事。"

深圳海上田园旅游区是深圳西部旅游的支柱产业，在两千多年的渔农文化背景下，以恢宏的气势、丰富的内涵、多变的布局、迷人的景观将海滩涂变成了巧夺天工的人间仙境。

海上田园集旅游观光、休闲度假、教育示范为一体，在充分展示自然之美的同时，实现都市人回归自然、回归田园的纯朴欲望。

蝶恋花·园博园

漫步园中连并进，芳气怡人，扑鼻兰香闻。画馆亭台泉水近，庭轩玉石陈诗[1]印。

南苑曲桥[2]通小镇，蝉韵梅魂，琴曲空幽隐，万紫千红花蕊嫩，葱葱翠碧无穷尽。

注释

1. 陈诗：民间进贡的诗文。
2. 南苑曲桥：园博园景点名称。

园博园是由住房和城乡建设部与深圳市人民政府共同

主办的第五届中国国际园林花卉博览会举办地，前身属于黄牛垅绿化隔离带。2005年4月8日，第五届园博会胜利闭幕，园博园顺利转型为市政公园，走上可持续发展道路。

如梦令·观澜湖高尔夫球赛

体育名流繁会[1]，开创五洲之最。细看[2]小球飞，云集巨星奇技。陶醉，陶醉，绿草如茵真美。

注释

1. 繁会：繁华荟萃之处，盛会。例句：晋·葛洪《抱朴子·博喻》："若夫聆繁会之响而顾问于庸工，非延州之清听也。"
2. 细看：仔细地观察。

观澜湖集团为我国休闲产业的领航者，是最早倡导发展休闲这个全新朝阳产业的集团，已形成一个世界级的高尔夫和多元休闲产业群。迄今已引入和举办逾百次国际赛事及交流活动。先后荣获全球“绿色奥斯卡”大奖——国际花园小区金奖第一名、世界高尔夫旅游最高荣誉大奖“全球最佳高尔夫旅游休闲胜地”。2011年5月，获评国家5A级旅游景区。观澜湖度假酒店已跻身2013年全国59家获评“五星级旅游饭店”称号的酒店行列。

光明农科大观园

世外桃源芳蕙[1]茵，青山绿水登寻春[2]。
烟苗柔嫩牛羊壮，景物交融桃李新。
万亩荔枝花灿艳，一盘香鸽口淋津[3]。
闲情逸致品佳果，暮色轻笼月半轮。

注释

1. 芳蕙：香草名。例句：晋·葛洪《抱朴子·名实》："芳蕙茇夷，臭鲍佩御。”

2. 寻春：游赏春景。例句：唐·陈子昂《晦日宴高氏林亭》诗：“寻春游上路，追宴入山家。”
3. 淋津：流滴貌。例句：《西游记》第三十三回：“他在那大路旁妆做个跌折腿的道士，脚上血淋津，口里哼哼的发声。”

深圳光明农场大观园是全国农业旅游示范点、广东省青少年科技教育基地、深圳市科普教育基地，园内景点主要分为晨光牛雕塑、奶牛示范基地、蚕桑科普文化馆、奇异瓜果世界、特种养殖展示基地。园区里能观赏奶牛饲养及挤奶过程，与全国最大的“牛”合影，还能体验太空植物及各种农艺新科所带来的视觉享受。

游海上世界

明华赋彩[1]贵豪魁[2]，万里征程深涧隈[3]。
昔日大洋踏海浪，今朝小港趸船台[4]。
小平挥笔题遗字[5]，国界家门空敞开。
南岭繁花香四溢，特区建设东风来。

注释

1. 赋彩：着色。例句：南朝·齐·谢赫《古画品录·顾骏之》："变古则今，赋彩制形，皆创新意。"
2. 贵豪魁：贵豪：贵戚豪门。例句：唐·韦应物《杂体》诗之三："长安贵豪家，妖艳不可数。"豪魁：强横而杰出。例句：明·范濂《云间据目抄·袁福征》："王甫辫发，大国母垂帘，诸军校为豪魁者干没庄邸，孱弱不能令。"

3. 涧隈：山涧弯曲处。例句：明·张羽《何楷读书堂》诗："晋代有高人，结屋临涧隈。"
4. 趸船台：趸船：大型驳船。亦专指驳运、贩卖鸦片的船。清·梁廷枏《夷氛闻记》卷一："每千六百八十斤为一趸，约三百趸为一船，故名趸船。"船台：专供修造船只使用的场地。在坚固基础上建置倾斜台或水平台，其两旁设有起重装置和各种动力供应点。当船体制作基本完成时，即可利用滑道将船放入水中。例句：胡万春《生长在黄浦江边的人》："在船台上，可以看见潜水员在进行电割。"
5. 遗字：死者生前的题字、文稿等。例句：唐·孟郊《李少府厅吊李元宾遗字》诗："零落三四字，忽成千万年。那知冥寞客，不有补亡篇。"

"海上世界"原为法国建造的一艘豪华游轮。项目由"明华轮"及"海上世界广场"两部分组成。1984年由邓小平题字，与中国改革开放同步成长的"海上世界"，在30多年后承载了新的历史使命，将以一座应有尽有的国际滨海新城景区的姿态，在城市更新以及休闲街区文化革新领域，铸就典范。

万绿生态园踏青歌

绿绿的草林有朵小红花，红花的下方有只小青蛙。说声蛙儿跳上来啊！我们一起走回家。

清清的湖上有只白天鹅，天鹅的旁边有只大骆驼。说声骆驼快快走呀！我们一起去渡河。

蓝蓝的海边有个大石头，石头的旁边有只大公猴。说声猴子跳过来啊！我们一起去畅游。

高高天上有颗明亮的星，星星的下方有只玉蜻蜓。说声蜻蜓飞过来啊！我们一起去踏青。

闪闪的灯下有个大姑娘，姑娘的前方有个小

儿郎。说声郎儿走过来呀！我们一起牵手行。

弯弯的河边有个小船民，河边岸上有个撑船的人。说声船儿撑过来呀！我们一起去相亲。

深深的小巷有个小凤仙，凤仙后方有个打工员，说声工员快上来啊！我们一起去赚钱。

红红的灯笼中华过大年，大年的开头有个好春天。说声春天多美丽啊！我们一起吃汤圆。

深圳万绿生态园位于深圳市南澳新大村，生态园依山傍水，四周青山环绕，碧水相依，毗临深圳著名景点东西冲海滩及杨梅坑沙滩，让游客尽情享受大自然美妙的海岸风光。

空中乐园

空中漫步戏蓝天，乘雾穿云欢灿然[1]。
墙壁浮雕绘画景，飞流瀑布彩喷泉。
美轮美奂纷呈艺[2]，惟妙惟奇丛玉旋[3]。
返璞归真生野趣，芳林翠绿丽春妍[4]。

注释

1. 灿然：鲜丽貌。例句：宋·苏轼《谢惠生日诗启》："灿然华衮之荣，自省庸虚，惟知愧汗。”

2. 纷呈艺：纷呈：接连不断地呈现出来。例：五彩纷呈。纷纷呈现。呈艺：精湛艺术，献技。例句：宋·叶梦得《避暑录话》卷上：“汝曹呈艺已遍，吾当呈艺。”
3. 丛玉旋：丛玉：古时测风所用。以玉石为之，悬于檐下，风吹动则相触成美妙声音。例句：唐·李贺《有所思》诗：“鸦鸦向晓鸣森木，风过池塘响丛玉。”玉旋：玉制的转轴，精制巧妙。
4. 丽春妍：丽春：美丽的春天花朵。亦比喻辞藻华美。例句：《南齐书·文学传赞》：“学亚生知，多识前仁。文成笔下，芬藻丽春。”春妍：指春天妍丽的景色。例句：宋·陆游《天华寺前遇县令》诗：“堕絮飞花掠钓船，天华寺下赏春妍。”

我国第一个空中乐园，位于深圳南头海军直升机场内，是我国自主创办的综合性航空俱乐部。空中乐园里，有各种不同类型、不同特点的飞行器。动力滑翔机、普通滑翔机，很适合青年人的胃口。老人和儿童，不妨去乘坐直升机或热力气球。轻型、超轻型飞机，便于游人在空中观光和摄影。

三洲田品茗

泉水开壶煮贡珍[1]，淡黄华色照佳人。
以茶会友芳心雅，空腹余香玉唾[2]津。
百瑞老枞生绝顶[3]，春枝嫩叶味甘纯。
闲情逸致赏园艺，无酒无诗不入神。

注释

1. 贡珍：进贡珍宝。例句：汉·班固《东都赋》：“天子受四海之图籍，膺万国之贡珍。”
2. 玉唾：唾液的美称。例句：宋·周密《天香·龙涎香》

词："碧脑浮冰，红薇染露，骊宫玉唾谁捣。"

3. 绝顶：山之巅峰；比喻事物之最高境界。例句：清·陈廷焯《白雨斋词话》卷二："论其词品，已臻绝顶，古今不可无一，不能有二。"

三洲田位于深圳盐田区大小梅沙及龙岗区之间，茶园是深圳盐田区政府与华侨城集团共同成立合资公司合作开发的一个新项目，以三洲田水库、茶园、瀑布的风景秀丽闻名深圳，这里山青水碧、鸟鸣谷幽、云遮雾绕、幽静清妙。唯一说得上带有人工雕琢痕迹的是茶场，当轻雾弥漫山间，采茶女的身影映在青翠的茶丛中，此情此景，倘若竖起灵魂的耳朵，必能听到一支悠扬婉转的田园牧歌，使人忘情、忘俗、忘归……

深南溢彩

深南溢彩[1]贯西东，夜幕降临灯绿红。
八道行车双往返，四方岔路两相通。
繁华闹市对时[2]动，车水游龙震耳聋。
杨柳春风飘玉带，路边翠绿郁葱葱。

注释

1. 深南溢彩：深南溢彩在2004年被评为“深圳八景”之一。

2. 对时：指一整天24小时。例句：叶紫《行军掉队记》：“看形势，被害至多总还不到一个对时，大约是在昨天上午。”

深南大道是深圳最繁华的道路，沿途集中了深圳重要的旅游景区和著名的企业。整条深南大道功能分区自然合理，是国内少有的具有高度现代化特征的景观街道，是我国城市道路建筑的精品。

登京基100大厦

高楼万丈[1]碧云中，灯火辉煌昼夜同。

长剑雄姿拔地起，利锋[2]势态问天空。

南瞧深圳河边界，北望莲山见邓公[3]。

高处攀登视野阔，杜鹃碧眼[4]映山红。

注释

1. 高楼万丈：京基100大厦由世界著名的建筑事务所担纲设计，高441.8米，共100层，2012年时为深圳第一高楼、中国内地第三高楼、全球第八高楼。

2. 利锋：锐利的锋刃。例句：《荀子·议兵》："兑则若莫邪之利锋，当之者溃。"
3. 邓公：莲花山顶邓小平铜像。
4. 杜鹃碧眼：杜鹃：深圳市花。碧眼：绿色的眼睛。例句：宋·苏轼《佛日山荣长老方丈》诗之二："何处霜眉碧眼客，结为三友冷相看。"

根据深圳市政府的规划，蔡屋围金融中心区将建设成为深圳市的金融中心。京基100大厦的诞生催化深圳的金融集聚性，为打造深圳金融业品牌做出贡献，进而提升了第五大金融中心综合竞争力。对巩固罗湖在深港金融合作圈中的核心地位起了重要作用。

永遇乐·地王观光

深港之窗，高楼万丈，城邑标榜。碧宇风光，华灯灿亮，风曲[1]缭绕响。空中美景，人文花样，都市风情时尚。临高阳[2]，营谋兴旺，岭南特色独创。

国家富强，人民希望，黄族[3]尊严至上。雪耻香江，小平蜡像[4]，瞧老人畅想[5]。特区开放，万方吟赏[6]，改革创新呼唱。虹楼顶，霞云淡荡[7]，阔情[8]逸爽[9]。

注释

1. 凤曲：本指萧史故事。后泛指美妙的乐曲。例句：唐·沉佺期《奉和春初幸太平公主南庄应制》：“自有神仙鸣凤曲，并将歌舞报恩晖。”
2. 高阳：指高而向阳之地。例句：《孙子·地形》：“通形者，先居高阳，利粮道，以战则利。”
3. 黄族：指黄种人，华裔；汉族。例句：梁启超《新民说·论进步》：“夫同在东亚之地，同为黄族之民，而何以一进一不进，霄壤若此？”
4. 小平蜡像：地王大厦楼堂有小平同志与英国女皇伊丽莎白二世蜡像，为人民大学美术教授创作。
5. 畅想：畅想未来。无拘无束地，尽情想象，敞开思路。
6. 吟赏：发表诗文；吟咏欣赏。例句：唐·顾况《梅湾》诗：“山深不吟赏，辜负委苍苔。”
7. 淡荡：淡雅；悠闲自在。例句：清·钱谦益《感叹旧游如在宿昔作此诗以寄之》：“羡君真作淡荡人，闲即牵舟湖上住。”
8. 阔情：久别相念之情。例句：《三国演义》第四十四回：“（诸葛瑾）即时上马，径投驿亭来见孔明。孔明接入，哭拜，各诉阔情。”
9. 逸爽：舒适闲逸；畅快心情。例句：明·崔铣《洹词·评文喻学者》：“李之雄厚，何之逸爽，学者尊如李杜焉。”

地王大厦，高69层，总高度383.95米，建成时曾是亚洲第一高楼，也是全国第一个钢结构高层建筑，坐落于深圳中央商务区。是亚洲第一个高层主题性观光游览项目。在此可以俯览深圳市容，远眺香港市容，是深圳的重要标志。

瞻仰小平铜像

莲山春早杜鹃开，一位伟人迈步来。
指点江山画个圈，边陲社镇捧金杯。
特区政策定高论，治国安邦展俊才[1]。
首长像前三敬礼，鲜花美酒献春台[2]。

注释

1. 俊才：才智卓越的人。例句：《汉书·王褒传》："闻王褒有俊才，请与相见。"
2. 春台：春日登高览胜之处。例句：《老子》："荒兮，其未央哉！众人熙熙，如享太牢，如登春台。”

邓小平塑像于深圳经济特区成立20周年之际落成，江泽民同志为塑像揭幕。塑像高六米，重六吨，由主体塑像和底座组成。主体塑像为小平同志身披风衣，气宇轩昂，步伐坚实，大步向前行走形象，硅青铜材质。基座南面刻有行书繁体文字题记“邓小平同志。江泽民二〇〇〇年十月一日”。

这是全国第一座由中央批准，以城市雕塑形式竖立的小平同志塑像，见证了深圳经济特区改革开放伟大历史进程，寄托了特区大步向前，实践创新的精神和深圳市民对中国改革开放总设计师邓小平同志的敬仰与怀念之情，对研究和保护改革开放历史具有重要价值和意义。2005年经“深圳改革开放十大历史性建筑评选”委员会及专家委员会考察评选，该塑像入选“深圳改革开放十大历史性建筑”。

滨海风光篇

小梅沙

听涛雅座小梅沙，戏水观潮搏浪花。
沧海蔚蓝清曙色，青山沁绿日朝霞。
一弯新月碧流照，冲浪飞舟到际涯[1]。
星晚[2]泳衣妆范样，沉鱼落雁赏姣娃[3]。

注释

1. 际涯：边际。例句：宋·范仲淹《岳阳楼记》：“浩浩汤汤，横无际涯。”
2. 星晚：夜晚。例句：《宋书·周朗传》：“按弦拭徽，鲱方校石，时复陈局露初，奠爵星晚，驩然不觉是羲轩后也。”

3. 姣娃：美女。例句：《王登云休妻》：“为娘与你寻个好姣娃。”

小梅沙旅游中心成立于1984年，位于美丽的深圳东部黄金海岸，素有“东方夏威夷”之美誉，“梅沙踏浪”还是著名的鹏城八景之一。拥有小梅沙度假村、小梅沙大酒店经营实体，已形成集旅游、度假、休闲、健身、会议、餐饮等功能于一体的综合性旅游度假区。

阳光、沙滩、海浪，吸引着成千上万的弄潮儿前来搏击大海。这里的天格外地高远明朗，这里的海分外地洁净蔚蓝，这里的沙滩特别地柔软金黄。千米沙滩上，留下过多少大大小小的脚印，接踵而来的浪花中，又寄寓过多少深圳人的欢笑和梦想。

大梅沙

金带明滩[1]飞浪花，素沙[2]翻滚水滨涯。

汪洋大海无边际[3]，翠鸟归巢伴落霞。

澄碧[4]天空香雾叠，丽华巾帽赤光[5]遮。

畅游登岸一壶酒，何惧凉风吹薄纱。

注释

1. 明滩：谓湍急的浊流将变得澄清的地方。例句：《宋史·河渠志一》："水猛骤移，其将澄处，望之明白，谓之拽白，亦谓之明滩。"

2. 素沙：细碎的白沙。例句：南朝·梁·江淹《悼室人》诗之四："素沙匝广岸，雄虹冠尖峰。"
3. 边际：边缘；界限。例句：唐·孟浩然《洛中送奚三还扬州》诗："水国无边际，舟行共使风。"
4. 澄碧：清澈而碧绿。例句：唐·李白《赤壁歌送别》："君去沧江望澄碧，鲸鲵唐突留余迹。"
5. 赤光：这里指烈日红光。例句：《宋史·太祖纪一》："后唐天成二年（927年），生于洛阳夹马营，赤光绕室，异香经宿不散。"

大梅沙海滨公园于1999年6月18日建成，是广东省5A级旅游景区。它位于深圳特区的东部。这里三面环山，中间开阔平缓，一面临海，1800米长的沙滩就镶嵌在这青山碧海之间。作为深圳市委、市政府在1999年度为民办十件实事之一，免费向公众开放。

浪淘沙·海洋世界

南粤水花园，翠碧潺潺，海洋盛会斗鱼[1]欢。异国风情如梦幻，万众观看。

雅趣乐酣然，八馆娇妍，人鲨[2]共舞戏莺鸳。水上开花冰玉[3]展，忘返流连。

注释

1. 斗鱼：观赏鱼类的一种。每到春天来临，雄鱼为争夺交配权而争斗。例句：清·李元《蠕范·物名》："曰花鱼，斗鱼也，丁斑鱼也，长二三寸，身有斑文，赤黑色，或红绿相闲，尾鲜红有黄点，善斗，童儿豢之，角胜负为戏。”

2. 人鲨：人与鲨鱼配合惊险共舞表演。

3. 冰玉：冰和玉。常用以比喻高尚贞洁的人品或其他洁净的事物。例句：金·蔡松年《水调歌头》词：“西山六街碧，尝忆酒旗秋。神交一笑千载，冰玉洗双眸。”

深圳海洋世界位于东部黄金海岸线上享有“东方夏威夷”美誉的小梅沙海滨旅游区，以“九馆三园”16套水中特色节目为展示主体，同时包括海洋乐园、海洋广场、海底隧道、触摸池、海龟岛、钓虾池、情侣廊和内湖等景观。是亚太地区规模最大的“海陆空”特技综艺表演场所。

柚柑湾度假村

碧海蓝天蜷蜿蜒[1]，荷塘月色涧芳馨[2]。
人间仙境空幽梦，异国风情扬楚舲[3]。
雀鸟轻啼丽日暖，柚柑果绿醉青屏[4]。
千年神德开弘愿，七女下凡凤曲[5]听。

注释

1. 蜷蜿蜒：蜷蜿：盘旋；盘曲。例句：明·刘基《戏为雪鸡篇寄詹同文歌》："冰蛇雪鼠相蜷蜿，味如怅馆色如乳。"蜿蜒：引申为形容山脉、河流、道路弯弯曲曲地延伸。

2. 涧芳馨：涧芳：山涧中的花香。例句：唐・王维《蓝田山石门精舍》诗："涧芳袭人衣，山月映石壁。"芳馨：喻美好的名声。例句：清・张大受《慕庐先生还朝》诗："出处古来云变化，芳馨谁播史书中。"
3. 楚舲：楚船。舲，有窗之彩船。
4. 青屏：青色屏障。喻挺拔的山峰。例句：元・舒頔《胡子坑》诗："天净森铓列画戟，云开大郭横青屏。"
5. 凤曲：本指萧史故事。后泛指美妙的乐曲。例句：唐・沈佺期《奉和春初幸太平公主南庄应制》："自有神仙鸣凤曲，并将歌舞报恩晖。"

深圳南澳柚柑湾度假村，位于深圳最东端的南澳半岛，坐落于著名的七娘山脉。有越岘别墅、沙滩排球，是情侣度假的浪漫胜地，蓝天碧海山水间，游情似画心如镜。

南澳岛

浩海无边卷浪花，青山怀抱到天涯。

七娘山[1]顶飞烟雨，一片祥云伴锦霞[2]。

绿岛归帆[3]如画景，渔舟唱晚[4]水人家。

船夫登岸吟歌咏，暮色江楼听燕笳[6]。

注释

1. 七娘山：七娘山位于龙岗区大鹏半岛，它有七个山峰，主峰海拔高度867米。传说有七个仙女下凡到山上游玩而得名。

2. 锦霞：色彩鲜艳的云霞。例句：唐·韦渠牟《步虚词》之十六："雾縠笼绡带，云屏列锦霞。"
3. 归帆：指回返的船只。例句：唐·陈子昂《白帝城怀古》诗："古木生云际，归帆出雾中。"
4. 渔舟唱晚：《渔舟唱晚》是一首颇具古典风格的河南筝曲。乐曲描绘了夕阳映照、万顷碧波，渔民悠然自得，渔船随波渐远的优美景象。
5. 燕笳：泛指我国古代北方民族的乐器。

深圳南澳湾，一个明净、清新、美丽的名字。南澳湾，一个隐藏在都市尘埃背后，被浪漫情怀拥抱的世外桃源。它位于南澳镇的旁边，背靠七娘山，比水相依，美丽动人。

南澳东西冲海岸线

大鹏湾畔洞仙[1]姿，妙态嶙峋玄造[2]奇。
傍海屏山静谧[3]美，观潮戏浪逸情[4]思。
岸边岚岫[5]寻春兴[6]，岬角迂回烟海湄[7]。
鬼斧神工天作合，人间佳境咏陈诗。

注释

1. 洞仙：仙人、仙境界。传说其好居深山洞壑。例句：唐·宋之问《下桂江龙目滩》诗：“巨石潜山怪，深篁隐洞仙。”

2. 玄造：指大自然；天地的造化。例句：唐·刘禹锡《祭虢州杨庶子文》："我今泛然，一委玄造。"
3. 静谧：安宁平静。例句：三国·魏·嵇康《琴赋》："竦肃肃以静谧，密微微其清闲。"
4. 逸情：犹闲情。例句：南唐·李中《献中书张舍人》诗："下直无他事，闲游恣逸情。"
5. 岚岫：犹岚峰。例句：唐·薛用弱《集异记·李清》："州人家家坐对岚岫，归云过鸟，历历尽见。"
6. 寻春兴：寻春：游赏春景。例句：唐·陈子昂《晦日宴高氏林亭》诗："寻春游上路，追宴入山家。"春兴：犹春心。谓情欲。例句：《二刻拍案惊奇》卷三十五："二女喜之不胜，停当了布疋等他，一团春兴。"
7. 海湄：海边。例句：《文选·嵇康〈琴赋〉》："邪睨昆仑，俯瞰海湄。"吕向注："海湄，海畔也。"

南澳东西冲海岸线位于深圳市大鹏湾南澳半岛南。作为《国家地理》杂志评选的中国最美八大海岸线之一，东西冲两个海港偎依在七娘山下，烟雾缭绕，水清沙幼，被"驴友"称为"深圳的天堂"。在东西冲海滩携手漫步，看日出日落，碧水蓝天，能让人忘却都市之尘扰。

秋夜月·鹅公湾

碧海飞鸥燕，青山绿水春妍[1]。朝阳晨沐霞云卷，越岭践登[2]攀。

魅力银滩眩眼，波涛汹涌苍烟[3]。花裙飘逸风矫健，妩媚戏沙湾。

注释

1. 春妍：指春天妍丽的景色。例句：宋·陆游《天华寺前遇县令》诗："堕絮飞花掠钓船，天华寺下赏春妍。"
2. 践登：登临；登上。例句：《南齐书·丰城县公遥昌传》："上逼太后之严令，下迫群臣之稽颡，俯从亿兆，践登皇极。"

3. 苍烟：苍茫的云雾。例句：唐·陈子昂《岘山怀古》诗："野树苍烟断，津楼晚气孤。"

大鹏半岛东西冲、杨梅坑等地被纳入深圳市文体旅游局发布的最新深圳旅游指南中。它是中国最美的十大徒步路线之一，被誉为"黄金海岸线"。而就在西冲西面，还有一个人迹罕至的海湾——鹅公湾，冠以"深圳最美海岸"称号。

阮郎归·杨梅坑

蓝天沧海景相连，春波湛静渊[1]。落霞风动碧云间，梅山飞雨烟。

遮大伞，搭关拦，婚纱斗丽妍。情郎牵手戏莺鸳，游人挂笑[2]颜。

注释

1. 静渊：犹渊默。深沉稳重。《史记·五帝本纪》：“（帝颛顼）静渊以有谋，疏通而知事。”

2. 挂笑：面带笑容。例：满面挂笑。

杨梅坑是深圳最美的溪谷。在南澳镇的东北面，位于七娘山脉与老虎坐山之前，有一片长满了杨梅的山丘，山丘下面的村庄就叫作“杨梅坑村”。杨梅坑是由两条大坑汇合而成。一条是正尾坑，源头在大雁顶与三角山之间；另一条便是大坑湖，源头是七娘山。一路清潭连连，风景秀丽，两侧林木茂盛、鸟雀争鸣。

减字木兰花·内伶仃岛

阳光海浪，翠叠绿茵春气[1]象。
登岛瞭望，碧海蓝天秀水长。

鸟儿歌唱，猴子成群珠树[2]上。
四季花香，世外桃源[3]清吉阳[4]。

注释

1. 春气：春季的阳和之气。例句：《庄子·庚桑楚》：“夫春气发而百草生，正得秋而万宝成。”
2. 珠树：神话、传说中的仙树。例句：《山海经·海内西经》：“开明北有视肉、珠树、文玉树、玗琪树。”
3. 世外桃源：例句：晋·陶潜撰《桃花源记》，描述一个与世隔绝、未受战乱破坏的理想社会，文中有云：“自云先世避秦时乱，率妻子邑人来此绝境，不复出焉，遂与外人间隔。问今是何世，乃不知有汉，无论魏晋。”
4. 清吉阳：清吉：清平吉祥。例句：元·郑光祖《三战吕布》第一折：“他可是莅官清吉。”吉阳：吉祥。例句：清·龚自珍《说印》：“至于鱼形兽面之制，吉阳富贵之文，或出于古陶师，多致之，不足乐也。”

　　内伶仃岛隶属于深圳市，位于珠江口伶仃洋。作为深圳市最大的海岛，因其丰富的动植物珍稀物种成为国家级自然保护区，又因文天祥的著名诗篇《过零丁洋》而兼具浓郁的历史色彩。该岛西北—东南走向，从远处望去，全岛形似一只漂浮在水面上的杧果，与外伶仃岛酷似一同胞的两兄弟。

外伶仃岛

航行小艇顺风扬，轻巧腾飞自奋翔[1]。

飒爽娇姿踏翠浪[2]，穿梭绮态跨茫洋。

歌舟挂彩[3]中华造，伴风搭雨放步[4]行。

百里海程即往返，归来登岸酒温香。

注释

1. 奋翔：犹奋飞。例句：《后汉书·班固传上》：“进有羽翮奋翔之用，退有杞梁一介之死。”

2. 翠浪：因风起伏而形成的波浪。例句：宋·苏轼《和田国博喜雪》：“玉花飞半夜，翠浪舞明年。”

3. 挂彩：谓遇喜庆事披挂彩绸。例句：《四游记·哪吒行兵收华光》：“玉帝闻奏大悦，即宣哪吒到殿，封为定远征寇大元帅，赏金花二朵，御酒三杯，当殿挂彩出朝。”

4. 放步：迈开大步。例句：唐·孟郊《西上经灵宝观》诗：“放步霁霞起，振衣华风生。”

伶仃岛位于珠江口内伶仃洋东侧，处在深圳、珠海、香港、澳门之间，总面积约554公顷，最高峰尖锋山海拔340.9米。

夜宿油柑湾度假村

枫树寒林[1]红叶飞，蝉鸣寂静雁南归。
晴空万里舒云卷，星月一轮照五晖[2]。
遐景披霜独向晚[3]，孤灯潜夜枕凉帏。
琴弦不语无鸳梦[4]，桂影诗风对画扉[5]。

注释

1. 寒林：称秋冬的林木。例句：晋·陆机《叹逝赋》："步寒林以凄恻，翫春翘而有思。"
2. 五晖：谓五彩的晖光。例句：三国·魏·刘劭《人物志·九征》：“五质内充，五精外章，是以目彩五晖之光也。”

3. 向晚：天色将晚；傍晚。例句：清·阮元《小沧浪笔谈》卷一：“残霞雌霓，起于几席，斜日向晚，湖风生凉。”
4. 鸳梦：鸳鸯梦，指情色幻想。
5. 画扉：有彩绘的门扇。例句：唐·王建《题石瓮寺》诗：“天子亲题诗总在，画扉长锁碧龛中。”

柚柑湾是深圳最美的海滩度假村之一，位于深圳最东端的南澳半岛，坐落于著名的七娘山脉。这里背山面海，鸟语花香，翠碧潺潺，蓝天碧海山水间，游情似画心如镜。禁止普通游客进入。空气和水质也相当好。度假村的客房大部分散布在山上，外观设计好，与大自然的亲和度相当高，室内设计独特温馨，是一个夏日度假的好去处。

排牙山风光

春意正浓向曙华[1]，芳风丽日碧云纱。
踏青游玩赏风景，峭壁攀爬观野花。
茂密丛林摘草果，海边戏水捉鱼虾。
春心[2]不奈日头短，霁夕[3]斜阳看落霞[4]。

注释

1. 向曙华：向曙：拂晓。例句：唐·韩愈《寒食直归遇雨》诗："惟将新赐火，向曙着朝衣。"曙华：曙光。例句：唐·宋之问《宿云门寺》诗："永夜岂云寐，曙华忽葱茏。”

2. 春心：春景所引发的意兴或情怀，也指男女爱意。例句：《楚辞·招魂》：“目极千里兮伤春心，魂兮归来哀江南。”

3. 霁夕：黄昏；晴夜。例句：唐·王諲《花萼楼赋》：“雨日而云起澄潭，霁夕而月悬高阁。”

4. 落霞：晚霞。例句：南朝·梁·简文帝《登城》：“落霞乍续断，晚浪时回复。”

排牙山位于深圳市龙岗区大鹏镇，为大鹏半岛北岛的主要组成山脉，海拔707米，是深圳第六高峰。该山三面环海，山石嶙峋，景色极佳。由南面望去，酷似一排排错落不齐的牙齿，是否由此得名，不得而知。

临江仙·红树林滨海公园

滨海风情清放[1]赏，自然湿地风光。丛林深处鸟成双。碧波荡漾，羽翼玉梳[2]妆。

白鹭齐飞飘鼓浪[3]，波澜起伏[4]翱翔[5]。踏青[6]戏玩并兼[7]行。春风送爽，浓翠[8]溢芬芳。

注释

1. 清放：清静放旷；闲暇。例句：《明诗纪事丁签》卷四引明·曹学佺《明诗选》："陈卧子曰：山人诡迹尘外，清放自居。"

2. 玉梳：梳之美称。例句：唐·元稹《六年春遣怀》诗之四："玉梳钿朵香胶解，尽日风吹玳瑁筝。"
3. 鼓浪：鼓起波浪。例句：晋·崔豹《古今注·鱼虫》："（鲸）鼓浪成雷，喷沫成雨，水族惊畏。"
4. 波澜起伏：形容水面上的水波泛起时的样子。原指波浪四起，常用比喻义，指文艺作品情节曲折。
5. 翱翔：回旋飞翔。例句：《楚辞·离骚》："凤凰翼其承旗兮，高翱翔之翼翼。"
6. 踏青：清明前后到野外去观赏春景。亦作"蹋青"。清明节前后郊野游览的习俗。旧时以清明节为踏青节。例句：孟浩然《大堤行》："岁岁春草生，踏青二三月。"
7. 并兼：并列；两全。例句：《史记·苏秦列传》："毛羽未成，不可以高蜚；文理未明，不可以并兼。"
8. 浓翠：深绿。例句：唐·许浑《秋日众哲馆对竹》诗："萧萧凌雪霜，浓翠异三湘。"

红树林位于深圳湾东北岸深圳河口的红树林鸟类自然保护区，面积369公顷，是我国唯一位于市区、面积最小的自然保护区，也被国外生态专家称为"袖珍型的保护区"。筹建于1999年，2000年12月正式向公众开放。

游大鹏半岛国家地质公园

海石奇观浪放游[1]，风光绮丽[2]涧芳洲[3]。
山峰堆叠葱青嶂，峭壁悬崖滴水流。
鹿嘴观潮[4]览圣境，断层枫木[5]遗残留。
林冠稠密[6]赏丹果，碧海蓝天眼底收。

注释

1. 放游：纵游；漫游。例句：《宋史·隐逸传上·林逋》："初放游江淮间，久之归杭州，结庐西湖之孤山，二十年足不及城市。"

2. 绮丽：华美艳丽；鲜明美丽。例句：三国·魏·曹丕《善哉行》之一："感心动耳，绮丽难忘。"
3. 涧芳洲：涧芳：山涧中的花香。例句：唐·王维《蓝田山石门精舍》诗："涧芳袭人衣，山月映石壁。"芳洲：芳草丛生的小洲。例句：《楚辞·九歌·湘君》："采芳洲兮杜若，将以遗兮下女。"
4. 鹿嘴观潮：公园景点名，是古火山地质遗迹与海岸地质景观共存的集中体现。
5. 断层枫木：公园景区名，主要特色为地质断裂景观。
6. 林冠稠密：公园景区名，繁茂森林中有各种树果、药材和珍贵树木。

深圳大鹏半岛国家地质公园所在的大鹏半岛，东临大亚湾，与惠州接壤，西接大鹏湾，南濒中国南海，距离香港平洲最短距离3.7千米。2005年9月，国土资源部正式批准成立深圳大鹏半岛国家地质公园。

公园文化篇

莲山春早[1]

春满鹏城兰蕙开，风筝飞放彩霞来。

雨林溪谷[2]玉晨露，芳径[3]丛山诗作陪。

蝴蝶纷飞[4]蜂起舞，鸳湖[5]碧水绕墙隈。

莲花山顶瑞云至，疑是玄仙登凤台[6]。

注释

1. 莲山春早：“深圳八景”之一。2004年8月评选出来的“深圳八景”31处候选景观中评为第二名。
2. 雨林溪谷：莲花山的景区名。

3. 芳径：花径。例句：宋·范成大《岩桂》诗之二："越城芳径手亲栽，红浅黄深次第开。"
4. 蝴蝶纷飞：莲花山的景区名。
5. 鸳湖：鸳鸯湖。例句：明·冯梦龙《罗爱爱》："尝以季夏望日，与郡中诸名士会于鸳湖之凌虚阁。"
6. 凤台：泛指华美的楼台。例句：清·邵粹夫《京华杂感》诗："中宵独坐看银汉，王气葱葱起凤台。"

莲花山公园筹建于1992年10月10日，1997年6月23日正式对外局部开放，邓小平铜像矗立在广场中央，中心区美景尽收眼底。山顶广场已成为广大市民和中外游人缅怀一代伟人风采、饱览中心区景色的最好去处。

登梧桐山

重阳结伴上梧桐，红叶飘零落艳丛[1]。
好汉陡坡[2]停脚步，飞烟云雨过头中。
碧梧集凤[3]叠双宿，凤谷鸣琴[4]见露鸿[5]。
跋步苍山往下走，汗流浃背笑秋风。

注释

1. 艳丛：芳美的花丛树林。例句：唐·杨衡《咏春色》：“促泗池香陌，劳莺转艳丛。”
2. 好汉陡坡：梧桐山顶景点名。

3. 碧梧集凤：谓凤停于树。例句：南朝·陈·贺循《赋得夹池修竹》："来风韵晚迳，集凤动春枝。"后常用为比喻集贤才。
4. 凤谷鸣琴：梧桐山顶景点名。弹琴。例句：唐·黄滔《湘中赠张逸人》诗："鸣琴坐见燕鸿没，曳履吟忘野径赊。"
5. 露鸿：即露鹄。例句：宋·利登《齐天乐》词："听四壁松声，欲短还细。似近如遥，露鸿声乱楚天外。"参见"露鹄"。

梧桐山风景名胜区在深圳经济特区东部，西临深圳水库，东至盐田港，南北均临近特区边界。风景名胜区邻近繁华市区，面临南海大鹏湾，与香港新界山脉相连、溪水相通，具备了国内风景名胜区中独特的地理位置，主峰海拔943.7米。于1989年被林业部批准建立国家级森林公园（梧桐山国家森林公园），1993年被广东省政府授予省级风景名胜区，2009年被国务院公布为国家级风景名胜区。

西江月·羊台山

沟谷深幽[1]婉静[2]，羊台叠翠[3]葱青。
七娘祈雨[4]祭神灵，山景奇峰秀映。
溪涧潭池[5]洁净，云烟缥缈[6]穿行。
三区交界[7]客家情，遗迹[8]生辉华盛[9]。

注释

1. 沟谷深幽：羊台山景点名。
2. 婉静：温顺娴静。例句：《后汉书·明·德马皇后》："（三女）皆孝顺小心，婉静有礼。"

3. 羊台叠翠：羊台山词句雅号，为鹏城八景之一。
4. 七娘祈雨：羊台山景点名，相传有七位美丽姑娘到羊台山顶求雨。
5. 溪涧潭池：羊台山景点名。
6. 云烟缥缈：羊台山景点名。
7. 三区交界：羊台山与宝安、南山、龙华三区交界连接。
8. 遗迹：指古代或旧时代的人和事物遗留下来的痕迹。此处指七位姑娘求雨现保留地方。例句：《三国志·吴志·陆胤传》："胤天资聪朗，才通行絜，昔历选曹，遗迹可纪。"
9. 华盛：繁华兴盛。例句：元·李文蔚《燕青博鱼》第二折："那同乐院前游春的王孙士女，好不华盛。"

羊台山位于深圳市宝安区、南山区、龙华区的交界地带，主峰在石岩境内，海拔高度为587.3米，是深圳西部的最高峰。2008年，"羊台叠翠"被评为深圳八景之一，成为中外游客和广大市民观光、旅游、休闲、健身的好去处。

玉楼春·七娘山

登山临水凌风[1]起，秋雨连绵烟雾细。
七娘山上紫霞飞，一阵林涛传悦耳。
古林浓郁常青翠，瀑布奇观[2]人浅醉[3]。
东江纵队[4]创开荒，遗迹[5]生辉花满地。

注释

1. 凌风：乘风。例句：晋·葛洪《抱朴子·任命》：“故康衢有角歌之音，鼎俎发凌风之迹。”
2. 瀑布奇观：七娘山景点名称。

3. 浅醉：微醉。例句：郁达夫《离乱杂诗》之五：“解忧纵有兰陵酒，浅醉何由梦洛妃？”
4. 东江纵队：东江纵队是在抗日战争时期，中国共产党在广东省东江地区创建和领导的一支人民抗日军队。东江纵队是在曾生、林平、王作尧、杨康华等主要领导带领下，从无到有，从小到大发展起来的抗日武装力量，其开辟的华南敌后战场成为“敌后三大战场”之一。东江纵队与琼崖纵队、八路军、新四军并称为“中国抗战的中流砥柱”。
5. 遗迹：指古代或旧时代的人和事物遗留下来的痕迹。例句：汉·王粲《赠文叔良》诗：“先民遗迹，来世之矩。”

深圳七娘山位于龙岗区大鹏半岛，是仅次于梧桐山的深圳第二高峰。它有七个山峰，主峰海拔高度867米。传说有七个仙女下凡到山上游玩而得名。在抗日战争时期东江纵队曾在山北鸡公秃村办兵工厂，并在山下种过粮食。七娘山植被茂盛、风景秀美，尤其山顶四望海景无敌，而上山道路陡峭崎岖，是游玩、拉练皆宜的好去处，也是每一个深圳登山爱好者必到之场所。

凤凰山八景

烟楼晚望[1]凤凰山，隔雾看花[2]云顶间。
仙迹飞龙[3]生瑞气，净瓶洒露[4]玉珠环。
伶仃揽镜[5]眺瑶岛，圣水灵泉[6]九曲湾。
石乳清湖[7]映皓月，芳林馥郁[8]翠潺潺。

注释

1—8. 属凤凰山风景区景点名称。

凤凰山位于深圳市宝安区的福永与沙井两地交界处。宋末元初，文天祥从孙文应麟，避乱来邑，时值岁荒，建望烟楼于大茅山巅，眺无炊烟之村，赍帛送粮以赈之。有一天，文应麟闲游凤岩，见其山川秀丽，胜景非常，夜梦观音嘱其建庙于此，名曰："凤岩古庙"，供奉观音莲座。迄今有600余年。

仙湖公园

仙湖美景芳林幽，山上梧桐披绿洲。
草艺竹园分画案，花台亭榭玉泉流。
密林遮日涧溪[1]走，小桨划船湖荡悠。
涉水爬山人忘返，一轮皓月临江楼。

注释

1. 涧溪：涧溪流。例句：宋・王安石《芝阁记》：“以上至不测之高，下至涧溪壑谷，分崩裂绝，幽穷隐伏，人迹之所不通，往往求焉。”

仙湖植物园位于深圳市罗湖区，始建于1983年，1988年正式对外开放。集科学研究、知识普及和旅游观光休闲为一体，是中国观赏植物科学研究的重要基地之一。现已是“鹏城十大旅游景点”之一、全国青少年科技教育基地、全国科普教育基地、中国生物多样性保护示范基地、广东省环境教育基地、深圳市科普教育基地和深圳市环境教育基地。于2007年被国家旅游局评为国家4A级风景区，2008年被国家建设部评为“国家重点公园”。

石岩湖

映日荷花并蒂开，风吹杨柳逐波来。
明河如带连瑶岛[1]，戏水轻飘绕塔台。
凤阁彩亭生暮火[2]，温泉玉律[3]煮燔煨[4]。
湖光倒影山浮水，禅曲灵幽唱落梅[5]。

注释

1. 瑶岛：传说中的仙岛。例句：《群音类选·蟠桃记·王母玩桃》："须知道天台路窅通瑶岛。"
2. 暮火：夜间灯光。

3. 温泉玉律：石岩湖景点名称。
4. 燔煨：泛指蒸煮。例句：宋·苏轼《寄馏合刷瓶与子由》诗："小甑短瓶良具足，稚儿娇女共燔煨。"
5. 落梅：即《梅花落》古笛曲名。例句：唐·李白《司马将军歌》："羌笛横吹《阿亸回》，向月楼中吹《落梅》。"

石岩湖温泉度假村，位于深圳市中心西北40公里的石岩湖畔，以独具特色的天然玉律温泉而闻名，环境清静悦目。空气自然清新，翠树成林，鸟语花香，是深圳旅游界的一颗亮丽明珠。

游银湖

绿水相依月孟冬[1]，青山环抱密稠浓。
银光闪烁芳时暮，夜曲和声雍雅容[2]。
墨客骚人咏画[3]卷，清诗秀句榜题封[4]。
品茶赏景会宾友，秋去冬来又重逢。

注释

1. 孟冬：冬季的第一个月；农历十月。例句：《礼记·月令》："孟冬之月，日在尾。"

2. 雅容：优美脱俗的外表。例句：唐·叶季良《赋得琢玉成器》："雅容看更澈，余响扣弥清。"
3. 咏画：吟诗作画。例句：宋·张先《熙州慢·赠述古》词："武林乡，占第一湖山，咏画争巧。鹫石飞来，倚翠楼烟霭，清猿啼晓。"
4. 题封：封缄题签。例句：唐·杜甫《惜别行·送向卿进奉端午御衣之上都》诗："裁缝云雾成御衣，拜跪题封贺端午。"

深圳银湖度假村位于深圳市笔架山麓，四周层峦环抱，湖水银光闪烁，楼阁错落叠榭，花木争奇斗艳。中心是深圳市接待办公室所辖的接待基地，一向为市政府接待国宾与外交使节之主要地方，近几年已发展为深圳主要的会议中心之一，亦是深圳最早最具园林特色的度假村式旅游胜地。

香蜜湖

中西合璧[1]碧鲜[2]浓，德式花街[3]贵睦雍[4]。
仙阁柳桥纤婉曲，亭台水榭翠葱茏。
厨珍[5]美食又烧烤，野火炊烟暖暮冬[6]。
度假休闲甜蜜蜜，湖光秀色水淙淙。

注释

1. 中西合璧：指把不同的东西放在一起而配合得宜。也指两种东西摆在一起对比参照。这里指中外合资企业。

2. 碧鲜：青翠鲜润的颜色。例句：唐·李复言《续玄怪录·张逢》："忽有一段细草，纵广百余步，碧鲜可爱。"
3. 德式花街：西方格调装饰文化。
4. 贵睦雍：贵睦：谓相互敬重；和睦。例句：明·苏伯衡《谢成传》："自微时与弟友才贵睦，同居共食，虽富贵不变，而二弟事之如事父，不命坐不坐。"睦雍：亲密和好。例句：宋·罗大经《鹤林玉露》卷十三："盖三者，乃三纲也，所系尤重。故于睦雍敬爱之中，必有检方规正之道，庶几各尽其分而三纲立矣。"
5. 厨珍：珍美的食品。例句：宋·黄庭坚《谢景叔惠冬笋等三物》诗："玉人怜我长蔬食，走送厨珍不自尝。"
6. 暮冬：冬末。农历十二月。例句《魏书·彭城王勰传》："岁月易远，便迫暮冬，每思闻道，奉承风教。"

香蜜湖地处深圳福田中心区，紧靠深南大道，属特发集团同泰国正大集团合作的中外合资企业。融入西方格调装饰文化，当时是深圳最早最大的旅游区，东接上海宾馆，西接华侨城，南接深南大道，北接北环大道。如今已改变了土地使用功能。

西丽湖

蜻蜓点水荷花开，蜂鸟[1]纷飞彩蝶来。
千米长廊飘玉带，一江春水绕亭台。
天生佳境墨仙气，妙迹[2]人文儒硕才。
幽静环湖烟翠绿，麒麟[3]献瑞捧金杯。

注释

1. 蜂鸟：蜂鸟科的通称。大者像燕子，小者跟拇指差不多，羽毛很细，在日光照射下呈现出不同的颜色，嘴细长。吃花蜜和花上的小昆虫，有传粉作用。

2. 妙迹：指佳妙的书法作品。例句：《晋书·王羲之传》：“吾昔有伯英章草十纸，过江颠狈，遂乃亡失，常叹妙迹永绝。”
3. 麒麟：比喻才能杰出的人。例句：《晋书·顾和传》：“此吾家麒麟，兴吾宗者，必此人也。”

深圳市西丽湖度假村位于深圳市南山区麒麟山下西丽湖畔，毗邻野生动物园、深圳大学城。度假村以麒麟山为屏，西丽湖为镜，青山绿水，清风流泉，是大自然恩赐的“天然氧吧”，也是2003年广东省首次评选出的“生态保健旅游百家旅游景点”之一。

醉花阴·求水山庄

南岭人勤飞放[1]古，五彩神旗[2]舞。赤水暖琴壶[3]，南国明珠，客裔[4]群英聚。

瑶山[5]干旱民劳苦，青壮[6]求甘雨。今日万安[7]居，致富蓝图，新貌清标[8]举。

注释

1. 飞放：很快放出。例句：郭沫若《女神·太阳礼赞》："出现了哟！出现了哟！耿晶晶地白灼的圆光！从我两眸中有无限道的金丝向着太阳飞放。"

2. 五彩神旗：南岭人向天求雨时的道具。
3. 琴壶：琴与酒。例句：唐·曹松《罗浮山下》诗："渔钓未归深竹里，琴壶犹恋落花边。"
4. 客裔：客家的后裔。
5. 瑶山：求水山庄的古山名。
6. 青壮：指青年人和壮年人。例句：罗海鸥、江立仁《彭大将军回故乡》："（彭老总）挥毫疾书，抄下了一首诗：青壮炼铁去，收禾童与姑。"
7. 万安：万福；万全。例句：《资治通鉴·汉献帝建安四年》："今弃万安之术而兴无名之师，窃为公惧之！"
8. 清标：标举新的主张。例句：清·袁枚《随园诗话》卷五："古人门户虽各自标新，亦各有所祖述。"

南岭求水山公园，位于深圳市龙岗区布吉镇南岭村，筹建于1995年，并于1996年4月16日对外开放，主峰可尽览深圳水库景色和眺望深圳美景。园内景点包括中国历史长廊、登山长城、客家民俗园、修复战备坑道、毛泽东像章展览馆、长征雕塑园、劳动教育基地等。

南乡子·大南山

阔步玉山[1]行，丽日芳风浪放晴[2]。景色宜人妍洁静[3]，春明，茂密华林醉绿萍。

瑞气景云[4]生，绿树葱葱秀惠声[5]。墨客骚人诗赋[6]兴。怡情，鸟语花香侧耳听。

注释

1. 玉山：对秀丽山峰的美称。例句：唐·鲍防《人日陪宣州范中丞宴东峰亭》诗："丝柳向空轻婉转，玉山看日渐裴回。"

2. 浪放晴：谓任其活动。雨雪后天气转晴。例句：鲁迅《书信集·致蒋抑卮》：“仙台久雨，今已放晴。”
3. 妍洁静：妍洁：美好洁净。例句：宋·苏轼《答刘贡父》之一：“辱书感怍无量，字画妍洁。”洁净：清净。例句：汉·贾谊《新书·道术》：“放理洁静谓之行，反行为污。”
4. 景云：祥云；瑞云。例句：《淮南子·天文训》：“虎啸而谷风生，龙举而景云属。”
5. 秀惠声：秀惠：秀美聪慧。例句：刘孝标注引南朝·宋·檀道鸾《续晋阳秋》：“许询字玄度，高阳人，魏中领军允玄孙，总角秀惠，众称神童。惠声：仁声；美誉。例句：晋·潘岳《西征赋》：“越安陵而无讥，谅惠声之寂寞。”
6. 诗赋：诗和赋。例句：汉·王褒《四子讲德论》：“何必歌咏诗赋，可以扬君哉，愚窃惑焉。”

大南山伫立在深圳南头半岛上，周围是蛇口工业区，主峰高336米。山上树林茂密，景色宜人，登高望远，整个深圳湾畔景物尽收眼底：远可观深圳市中心区楼群、香港流浮山脉、元朗景色，近可俯视南山半岛、宝安新城。1994年，蛇口工业区在南山上修建了行人便道和凉亭。南山已经成为深圳西部的重要景点。

采桑子·中山公园

树林草地时花样，古老城墙，绮丽风光。园艺精华披绿装。

中山雕像宁安放，民族希望，爱国担当。德誉香江[1]魁伟[2]长。

注释

1. 香江：旧时香港称呼。
2. 魁伟：宏伟；高大形象。例句：宋·李纲《再与吴元中书》："有李庠者，老于边，为童贯所黜，谋略魁伟，非诸将比。”

中山公园是深圳市唯一以孙中山名字命名的公园，也是深圳市历史最悠久的公园。园内有被列为深圳市重点保护文物，于明洪武二十七年（1394年）修建的南头城北城墙遗址；中山公园有著名雕塑家钱绍武主持雕刻作品——全国最大的孙中山先生石雕头像。于1999年11月12日孙中山先生诞辰133周年纪念日重新开园，以崭新的面貌和优美的景观呈现在世人面前。

归字谣·龙园

其一

龙，独卧昆仑[1]首向东，霞云动，今日喜相逢。

其二

龙，骇浪惊涛四海通，春鸿涌[2]，绿水映丹虹。

其三

龙，倒海翻江碧雾蒙，附金凤[3]，翘首卷云峰。

其四

龙，厚德仁慈作范容[4]，弘和雍[5]，神圣贯长空。

其五

龙，万里潜行大海中，江山统，华夏展雄风。

注释

1. 昆仑：昆仑山，中国第一神山、万祖之山，中华地理主龙脉。
2. 春鸿涌：春鸿：春天的鸿雁。例句：汉·焦赣《易林·比之中孚》："春鸿飞东，以马货金，利得十倍，重载归乡。鸿涌：水波汹涌貌。例句：《史记·司马相如列传》："蛤侵浔而高纵兮，纷鸿涌而上厉。"
3. 金凤：指金黄色的太阳。例句：明·汤显祖《宿浴日亭因出小浪望海》诗："飞金出荧火，明珠落鲸鱼。"金凤：台名。例句：《北齐书·文宣帝纪》："至是，三台成，改铜爵曰金凤。"
4. 范容：对人仪容的尊称。例句：清·秋瑾《精卫石》第二回："只因伯母鱼轩过，欲妹登堂见范容。"
5. 弘和雍：弘和：宽宏和善。例句：唐·柳宗元《送韩丰群公诗后序》："敦朴而知变，弘和而守节，温淳重厚，与直道为伍。"和雍：犹和谐。例句：郭沫若《蜀道奇》诗："民族和雍载歌舞，埙篪协奏遍乡都。"

深圳龙园公园是我国唯一以龙文化为主题的旅游景区，位于深圳市龙岗区城中心，有喷珠溅玉的石雕巨龙和泥金重彩的牌楼。在龙园大门组成第一道摄人心魄的风景线后边，园中美景，目不暇接，雄浑壮观的九龙壁透雕、峭拔古拙的建园碑和傩神柱，雍容典雅的五龙亭和玻璃牌坊，霞簇虹拥的迎龙桥，巍峨庄严、气势磅礴、构想奇异、匠心独运，承传着数千年龙文化对中国建筑、艺术、宗教、民俗的深远影响，酣畅淋漓地展现了龙文化的神圣、神奇、神秘。

笔架山公园

春风得意溢芳芬，桃李花开烟剪云[1]。
茂密丛林滴翠灿，自然美景雨耕[2]耘。
湖山远眺眼穿望，风卷流霞日昒昕。
文化熏陶赋咏画[3]，园林艺术怡愉殷[4]。

注释

1. 剪云：裁剪行云。比喻裁剪技艺精妙新巧。例句：唐·李义府《堂堂词》之一：“镂月成歌扇，剪云作舞衣。”
2. 雨耕：谓趁雨时耕耘。例句：元·马祖常《都门一百韵用韩文公会合联句诗韵》：“雨耕稗频耨，月斸属石或搏。”

3. 赋咏画：创作和吟诵诗文。例句：《南史·何点传》：“清言赋咏，优游自得。”宋·张先《熙州慢·赠述古》词：“武林乡，占第一湖山，咏画争巧。鹫石飞来，倚翠楼烟霭，清猿啼晓。”
4. 怡愉般：怡愉：喜悦；和悦。例句：《新唐书·柳宗元传》：“今天子兴教化，定邪正，海内皆欣欣怡愉。”愉般：谓快乐于兴盛之时。例句：《荀子·王制》：“功名之所就，存亡安危之所堕，必将于愉殷赤心之所。”

笔架山公园位于市中心北侧，是一片有十余座小山峰的丘陵起伏地，其中三座主峰东西鼎立，形同笔架，因而得名。与地王大厦遥遥相望，从峰顶可俯瞰繁华的市容，园内地形富于变化，山高林多，鸟语花香，风景资源独佳，植物覆盖充分，动物种类繁多，其中蝴蝶、鸟类、昆虫、蛇等品种数量较丰富。

水龙吟·荔枝公园

湖边垂柳林池[1]，诗园仙境花朝[2]气。千株暖翠[3]，随风飘逸，多姿典丽[4]。蜂鸟纷飞，小桥流水，游人吟醉，晚来微风吹。花廊芳蕙[5]，静妍美[6]，尝丹荔[7]。

暮色风灯烟霓[8]，合时宜[9]，燕亭[10]春意。凤琴雅瑟[11]，曲栏[12]儿戏，歌声悦耳。联对诗词，彪章[13]陈力[14]，鸿文[15]传世。上亭桥踮立，落霞清绮[16]，月明云起[17]。

注释

1. 林池：树林池塘。例句：《国语·周语中》："薮有圃草，囿有林池。"韦昭注："林，积木也；池，积水也。"
2. 花朝：指百花盛开的春晨。亦泛指大好春光。例句：唐·白居易《琵琶行》："春江花朝秋月夜，往往取酒还独倾。"
3. 暖翠：天气晴和时青翠的山色。例句：元·吴景奎《和韵春日》之一："江上数峰浮暖翠，日边繁杏倚春红。"
4. 典丽：典雅华丽。例句：《北齐书·邢卲传》："文章典丽，既赡且速。"
5. 芳蕙：香草名。例句：晋·葛洪《抱朴子》："芳蕙芰荑，臭鲍佩御。"
6. 妍美：美丽。例句：唐·玄奘《大唐·西域记·迦湿弥罗国》："容貌妍美，情性诡诈。"
7. 丹荔：荔枝。因色红，故称。例句：唐·戴叔伦《春日早朝应制》诗："丹荔来金阙，朱樱贡玉盘。"
8. 烟霓：云霓。例句：唐·沉亚之《湘中怨解》："帷褰，有弹弦鼓吹者，皆神仙娥眉，被服烟霓，裙袖皆广长。"
9. 时宜：当今时代风尚。例句：《汉书·哀帝纪》："朕过听贺良等言，冀为海内获福，卒亡嘉应。皆违经背古，不合时宜。"
10. 燕亭：休息用的亭子。例句：唐·柳宗元《桂州裴中丞作訾家洲亭记》："南为燕亭，延宇垂阿，步檐更衣，周若一舍。"
11. 雅瑟：古代弦乐器名。又名大瑟。例句：唐·孟郊《汝州陆中丞席喜张从事至同赋十韵》："清风荡华馆，雅瑟泛瑶席。"

12. 曲栏：弯曲的栏杆。例句：唐·白居易《题岳阳楼》诗："岳阳城下水漫漫，独上危楼凭曲栏。"
13. 彪章：文采美盛貌。例句：明·王世贞《艺苑卮言》卷六："兴起学士，挽回古文，五色错以彪章，八音和而协美。"
14. 陈力：贡献；施展才力。例句：汉·班彪《王命论》："举韩信于行阵，收陈平于亡命，英雄陈力，群策毕举。"
15. 鸿文：巨著；大作。例句：王允《论衡》："鸿文在国，圣世之验也。"
16. 清绮：犹清丽。例句：南朝·梁·刘勰《文心雕龙·才略》："魏文之才，洋洋清绮。"
17. 云起：如云涌起。比喻节目内容一下子出现。例句：汉·刘歆《甘泉宫赋》："离宫特观，楼比相连，云起波骇，星布弥山。"

公园建有亭、台、楼、阁、水榭、小桥流水、花廊竹径、古树名木、奇石怪桩等20多处游览景点。每逢周末，英语角、自发的民间团体、个人文艺演出等让人们参与其中，使这里成为文化交流的好场所，也成为中心区域又一休闲的好去处。小石径的两旁栽种着上千株翠竹，随风飘曳；湖边垂柳，犹如江南少女，婀娜多姿。放眼园中，一片葱绿，生机盎然，怡人醉人！当初夏将临，荔枝成熟时节，全园绿荫丛中，硕果累累，到处飘荡着片片红云，果鲜色红，让人垂涎欲滴，实在惹人喜爱。

南乡子·马峦山

冬日赏梅[1]花，碧野连峰笔陡[2]斜。附壁攀岩开手架，抓抓，怪石爬行脚底麻。

空谷鸟啼鸦，溪水澄清见草虾。藤蔓横生繁果挂，哇哇！瀑布飞流喧笑[3]哗。

注释

1. 赏梅：马峦山曾是广东省最大规模的梅园。
2. 笔陡：谓十分陡峭。例句：周纲《武夷山敞开你的胸膛》诗："笔陡的山路上，下来了一位老妈。"

3. 喧笑：谓众人的笑声。例句：元·刘祁《归潜志》卷十三："忽闻有声如风雨震山，又如千人喧笑不已。"

马峦山公园位于深圳市龙岗区西，与盐田区三洲田水库相接，是一处少有未被人为破坏的美丽山林。山无水则不灵，无溪泉则不幽，无飞瀑则不雄，众多的溪流、瀑布乃公园的一大特色，满山遍野橘子林和橙子林硕果累累，一派金色的丰收景象，游客可以自己去摘橘子和橙子，领略收获的喜悦。

园山风景区

天然山水凤林[1]阡，飞瀑流泉生紫烟。

翠谷蝉鸣蜂醉舞，欢歌对唱鸟飘翩。

山峰陡峭嶙峋[2]叠，溪涧幽长直贯穿。

野果奇花香四季，龙吟虎啸惊喧[3]天。

注释

1. 凤林：凤凰所居之处。借指仙境、树林。例句：北周·庾信《道士步虚词》之七："凤林采珠宝，龙山种玉荣。"

2. 嶙峋：形容山石峻峭、重叠；海之波澜，山之嶙峋。例：岭嵘嶙峋，洞无涯兮。例句：《汉书·扬雄传》："海之波澜，山之嶙峋。司空图《诗品》怪石嶙峋。"

3. 惊喧：惊动吵闹。例句：前蜀·杜光庭《安宅醮词》："臣以庸愚，不明玄理，因时改作，随力兴修，土木之功，曾无避忌，穿凿之处，深有惊喧。"

深圳园山风景区位于龙岗区横岗东南部的惠盐公路东侧。景区占地达十平方公里，因山峦起伏，沟谷蜿蜒幽深，植被基本保留原自然生态，被誉为"都市的后花园"。特色园山景点有老虎沟、关帝庙、鹅公髻、碧玉潭、许愿树、水上乐园、卡丁车场、百果园等。

红树林咏夫妻树

阳春三月赤红[1]天，丽日清风花斗妍[2]。
青树丛芳[3]双结对，胚根连絜赋生缘[4]。
狂风暴雨折枝蕊，华叶[5]纷飞落帽肩。
但愿天公多作美，夫妻好合享荣年[6]。

注释

1. 赤红：红色。例句：《广群芳谱·药谱六·王瓜》："（王瓜）七八月熟，赤红色。”

2. 斗妍：犹斗艳。比美。例句：宋·梅尧臣《感李花》诗：“赤白斗妍思旧曲，旧声传在五王家。”
3. 丛芳：群芳；许多花。例句：唐·陈子昂《庆云章》诗：“丛芳烂熳，郁郁纷纷。”
4. 赋生缘：赋生：赋予的生命。例句：郭沫若《女神·地球，我的母亲！》：“地球，我的母亲！我羡慕那一切的草木，我的同胞，你的儿孙，他们自由地，自主地，随分地，健康地，享受着他们的赋生。”生缘：佛教语，受生转世的因缘。例句：《法苑珠林》卷一一六：“三说得住四十九日，生缘未具，死已更受，亦不限时节。”
5. 华叶：花与叶。例句：战国·楚·宋玉《风赋》：“乘凌高城，入于深宫，邸华叶而振气。”
6. 荣年：指百花争艳的季节。例句：南朝·宋·鲍照《咏白雪》：“投心障苦节，隐迹避荣年。”

深圳红树林位于深圳湾畔，是我国面积最小的国家级自然保护区，是以红树科植物为主组成的海洋木本群落，因树干呈淡红色而得名。这里自然生长植物有海漆、木榄、秋茄等珍稀树种。

菩萨蛮·洪湖公园

桃花杨柳云溪盎，青莲连藕分枝壮。碧水凤林芳，绿洲诗竹塘。

翠禽群鹭唱，戏水飘悠漾。风动树余凉，赏荷夏景长。

注释

洪湖公园属深圳市市级公园，位于罗湖区闹市中心。是一个以荷花为主题，以水上活动为特色的综合性公园。1995年洪湖公园被评为园林系统环境整治综合整治先进单位。从此，公园实现了全方位开放，而今，漫步于洪湖之滨，只见树木葱茏、鸟语花香、湖水清澄、白鹭戏水、游鱼逐波。特别是冬季候鸟飞来，群集于湖，或翱翔或游水，更添洪湖优美的自然景观。

临江仙·东湖公园

春色满园妍暖盎，凤林馥郁花香。一湖清水洞穿行。迸流香港，两地熟谙尝。

叠翠连绵蝉鸟唱，一弯新月虹光。吟诗赋咏弘新章。五湖挂榜，四海盛名扬。

注释

深圳市东湖公园原名“水库公园”，始建于1961年，1966年正式向社会开放。1984年10月，深圳市政府第四十二次会议决定，“深圳水库公园”改名为“深圳市东湖公园”，属市一级城市公园。在20世纪80年代成为深圳市“五湖四海”风景区之一。公园还定期举办一些群众性的娱乐及花事活动，丰富了市民和游客的业余文化生活。每年元旦举行画眉斗雀比赛，每年春节举办迎春花展，每年10月举办深圳市簕杜鹃（市花）展，每年11月到12月举办深圳市菊花展。

夜宿东湖宾馆

兰灯暮火照三更，自古文人爱卖萌[1]。
弄月[2]赏花丹墨[3]客，赋诗荡酒[4]唱书声。
秋窗冷雨风飘闪[5]，孤影冰轮[6]玉洞明。
烛夜不眠穷拙句[7]，通宵达旦尽怡情。

注释

1. 卖萌：故意做些打动别人的作秀。
2. 弄月：赏月。例句：南朝·陈后主《三妇艳诗》之六："大妇初调筝，中妇饮歌声，小妇春妆罢，弄月当宵楹。"

3. 丹墨：朱墨和黑墨。古人用于书写与点校书籍。例句：唐·韩愈《谴疟鬼》诗："符师弄刀笔，丹墨交横挥。"
4. 赋诗荡酒：赋诗：写诗。例句：《左传·襄公二十八年》："赋诗断章，余取所求焉。"荡酒：烫酒，温酒。例句：元·李直夫《虎头牌》第四折："快与我杀羊荡酒来，与叔叔暖痛者。"
5. 飘闪：飘飞闪动；闪烁。例句：艾芜《海岛上》："浮在旁边的海鸥，立即惊起，泛着晨光的空中，便飘闪着了银白的羽翼。"
6. 孤影冰轮：孤影：孤单的影子。例句：唐·杜牧《早雁》诗："仙掌月明孤影过，长门灯暗数声来。"冰轮：指明月。例句：唐·王初《银河》诗："历历素榆飘玉叶，涓涓清月湿冰轮。"
7. 穷拙句：穷拙：穷困笨拙。例句：宋·罗大经《鹤林玉露》卷三："作诗必以巧进，以拙成。"拙句：自然质朴的诗句。例句：宋·罗大经《鹤林玉露》卷三："故作字惟拙笔最难，作诗惟拙句最难。"

东湖宾馆于1982年开业，1989年由国家旅游局确定为涉外三星级宾馆。湖光山色，微波粼粼，独一无二的全湖景，设施集文娱、商务、客房、美食于一身，训练有素的员工为顾客提供至臻完善的服务，价格经济实惠，是度假、商务洽谈会议或举行各种形式中、西宴会的理想地点。

深圳水库

清泉一点似甘珍[1]，饮水当思挖井人。
但愿苍民[2]长俊健[3]，何期[4]万苦与千辛。
崇尊[5]爱岗德明[6]范，敬业求真[7]善作邻[8]。
创建包容[9]百姓水，东江[10]满溢[11]碧波神[12]。

注释

1. 甘珍：鲜美而珍奇的食物。例句：《东观汉记·光武帝纪》：“远方贡甘珍，必先遍赐列侯，而大官无余。”
2. 苍民：百姓。例句：南朝·梁·庾肩吾《和太子重云殿受戒》："小乘开治道，大觉拯苍民。"

3. 俊健：健美。例句：唐·郑处诲《明皇杂录》卷下："虢国每入禁中，常乘骢马，使小黄门御。紫骢之俊健，黄门之端秀，皆冠绝一时。"

4. 何期：犹言岂料。表示没有想到。例句：南朝·梁·陶弘景《周氏冥通记》卷二："凡庸下贱，少乐正法，幸藉缘会，得在山宅，何期真圣，曲垂启降。"

5. 崇尊：崇敬尊重。

6. 德明：品德好；光明磊落。

7. 敬业求真：水务集团企业精神口号。

8. 善作邻：与善良友好的人做伴。

9. 创建包容：水务集团的企业精神口号。

10. 东江：从源头江西流入的水。

11. 满溢：充盈；丰厚，水盈太多而漫出。

12. 波神：水神。例句：唐·刘禹锡《贾客词》："邀福祷波神，施财游化城。"

深圳水库于1965年3月竣工，集水面积60.5平方公里，库容4577万立方米，是深港的水源。位于深圳市区东北部，因水库建在深圳河上游得名。这里是深圳绿茵覆盖最密、水源最丰富、自然和人工景观设计最协调、管理也最好的地方之一。

文化场馆篇

小重山·何香凝美术馆

艺术才华兰桂堂，傲梅凌雪放，馥芬芳。英姿魂胆世无双，春和朗，旭日丽朝光。

民族寄希望，笔尖评党强，德华章。吟诗作画玉梳妆，锋端亮，浓墨粹清香。

注释

何香凝美术馆是我国第一个以个人名字命名的国家级美术馆，也是继中国美术馆之后的第二个国家现代美术馆。它坐落于深圳华侨城，毗邻驰名中外的三大文化旅游景区“锦绣中华”“中国民俗文化村”“世界之窗”，与民俗文化村西门入口紧相连。

1995年5月13日，何香凝美术馆经中央批准兴建；1996年3月1日动工，1997年4月建成，4月18日正式开馆。江泽民总书记亲自题写了馆名。

深圳书城

古香风乐几登寻？和静书城诵咏吟[1]。
四海闻名彰示范，五洲赋客[2]观光临。
文明窗口造徽[3]笑，和附[4]之声顾惠[5]心。
希望朝光开创世，洪荒大漠遇甘霖。

注释

1. 咏吟：曼声诵读。多指诵读诗词，亦指作诗。例句：清·和邦额《夜录·如彪》：“笋酷好咏吟，时过如彪，夫妇相与谈诗，或分笺拈韵，共相唱和。”
2. 赋客：辞赋家；文人。例句：宋·晏殊《示张寺丞王校勘》诗："游梁赋客多风味，莫惜青钱万选才。"

3. 造微：细致达到精妙的程度。例句：五代·齐己《酬微上人》诗："古律皆深妙，新吟复造微。"
4. 和附：随声应和，指服务周到语言美。例句：唐·韩愈《平淮西碑》："大官臆决唱声，万口和附，并为一谈。"
5. 顾惠：顾念关怀，让利于民。例句：唐·李翱《论故度支李尚书事状》："翱于李尚书，初受顾惠。及其去选也，客主之义，亦不得如初欢矣。"

深圳书城是现代化大型综合购书中心和知名文化品牌。书城品种齐全、功能完备、管理先进，致力于为读者提供多功能、全方位、高质量的一站式文化消费服务。经销全国800多家出版生产商的各类书刊、音像制品、电子出版物、文化艺术品、PDA产品等约23万种。

体育馆观看拳击赛

昆仑对决山呼鸣[1]，武动中华出俊英[2]。
体育兴邦强国梦[3]，健康保障丰民生。
百年雪耻今当报，昔日悲夫[4]龙啸声。
拳手健儿笃励志[5]，雄狮还醒[6]得殊荣。

注释

1. 山呼鸣：山呼：高声欢呼。例句：赵朴初《满庭芳·为人民大会堂作》词："听各族山呼一语言，看远朋海会异衣冠。”呼鸣：指叫声或响声。例句：蒋光慈《余痛》诗：“海面如镜也般的平，也没有浪的澎湃，也没有风的呼鸣。”

2. 俊英：才能出众的人。例句：三国·魏·曹丕《弟苍舒诔》：“猗欤公子，终然允臧。宜逢介祉，以永无疆。如何昊天，雕斯俊英？”
3. 强国梦：习近平总书记在中共十八大提出了“中国梦”重要指导思想。
4. 悲夫：悲叹之词。夫，语助。例句：《庄子·让王》：“悲夫！子之不知余也！”
5. 笃励志：笃励：专一奋勉。励志：奋志，集中心思致力于某种事业。例句：汉·班固《白虎通·谏诤》：“励志忘生，为君不避丧生。”
6. 还醒：复生，苏醒。神志恢复正常状态。例句：钱起《开元观遇张侍御》诗：“欲醉流霞酌，还醒度竹钟。”

深圳体育馆于1985年投资兴建。建筑呈圆形，造型宏伟、坚实。今天全方位地向社会开放，提供优质服务。它为加强特区与内地、港澳及国外的体育交流提供了条件，为促进深圳市体育运动的发展、经济建设和精神文明建设起着积极的作用。

桂枝香·少年宫

人才至上，少嫩[1]丽朝阳[2]，前途宽广。世界尖端强项，教坛隆向[3]。国家首例风标榜[4]，起飞航[5]，领先规创[6]。适心时尚，追随梦想，放声歌唱。

灿日旸[7]，晶明洁朗，未来寄希望。环宇辰象[8]，美妙之音弘朗[9]，太空模样。潜能[10]艺术齐欣赏，四新[11]知识共分享。少儿培养，碧光诚亮[12]，德华[13]无量。

注释

1. 少嫩：年轻；幼稚；不成熟。例句：清·蒲松龄《磨难曲》第二十五回："你这第六篇，只要软和便密圈，少嫩些也不甚足为患。"
2. 丽朝阳：丽朝：明丽的早晨。例句：《南史·沉怀文传》："今陛下有事兹礼，而膏雨迎夜，清景丽朝，斯实圣明幽感所致。"朝阳：早晨刚刚升起的太阳。例句：《诗·大雅·卷阿》："梧桐生矣，于彼朝阳。"
3. 隆向：尊崇向往。例句：宋·王安石《扬州龙兴寺十方讲院记》："世既言佛能以祸福，语倾天下，故其隆向之如此，非徒然也。"
4. 标榜：标作"标搒"。夸耀；称扬。例句：《后汉书·党锢传序》："自是正直废放，邪枉炽结，海内希风之流遂共相标搒，指天下名士，为之称号。"
5. 飞航：飞快的速度，航船。例句：明·杨慎《高峣卧疾喜简西峃至自滇城》诗："天涯故人少，且愿驻飞航。"
6. 规创：筹划创建。例句：《新唐书·李昭德传》："武后营神都，昭德规创文昌台及定鼎、上东诸门，标置华壮。"
7. 日旸：同日阳；太阳光。例句：唐·白居易《白发诗》："今朝日阳里，梳落数茎丝。"

8. 辰象：天象。指日、月、星。例句：《文选·沉约〈齐故安陆昭王碑文〉》："公含辰象之秀德，体河岳之上灵。"吕向注："辰象，日、月、星也。"
9. 弘朗：洪亮。例句：景梅九《罪案》："先请太炎读祝辞，气度沉雄，声音弘朗，掌声因之雷起。"
10. 潜能：潜在的能力。例：科技人员的潜能得到发挥。
11. 四新：指中国的新思想、新文化、新风俗和新习惯。
12. 诚亮：忠诚；诚实。例句：《宋书·沉演之传》："并美彰出内，诚亮在公，能克懋厥猷，树绩所莅。"
13. 德华：仁德的光辉。例句：宋·范仲淹《今乐犹古乐赋》："和气既充于天下，德华遂振于域中。"

深圳市少年宫位于中心区中轴线东北区域，建筑设计方案采用国际招标确定，其主体造型构思独特，沿平面的对角方向切成两半，分别命名为"少年山"和"科学山"，中间镶嵌一个圆柱形的"水晶石大厅"，三大部分构成了少年宫建筑的整体，寓意着少年儿童在少年宫这里勇攀高峰、采掘知识宝藏，充分体现了深圳市在开发少年潜能中所关注的两个方面，即科技意识与艺术修养。

大运村

国旗高挂顿开晴[1]，丽彩缤纷雅号[2]清。
大运昌年廿六届，四方健将汇鹏城。
太平盛世弘仪典[3]，竞技登台啸吼声[4]。
昔日病夫今举主[5]，争雄斗阵夺殊荣。

注释

1. 顿开晴：顿开：突然打开；立即放开。例句：《水浒传》第三十八回："只见一个女娘，年方二八，穿一身纱衣，来到跟前，深深地道了四个万福，顿开喉音便唱。"开晴：雪、雨过后天变晴朗。犹放晴。例句：冰心《寄小读者》：“这里一天一天的下着秋雨，好像永没有开晴的日子。”

2. 雅号：高雅的名号。有时用作称他人名字的敬词。例句：唐·皮日休《太湖诗·孤园寺》：“雅号曰胜力，亦闻师佛氏。”
3. 仪典：礼法；仪式。例句：《宋书·蔡廓传》：“时中书令傅亮任寄隆重，学冠当时，朝廷仪典，皆取定于亮，每咨廓然后施行。”
4. 啸吼声：长声吼叫。例句：明·蒋一葵《长安客话·黍谷山》：“洞口风声啸吼，风气凛烈，虽盛暑人不敢迫。”
5. 举主：被推荐者为其主，例句：《旧唐书·魏贤同传》：“今欲务得其才,兼宜择其举主。”

深圳第26届世界大学生运动会运动员村，称“深圳大运村”，位于深圳市龙岗区的深圳信息职业技术学院新建校区内，深圳大运村工程于2008年6月正式动工，2011年3月通过竣工验收，于2011年8月6日正式开村。

参观关山月美术馆

睡春画院[1]物和融，浩阔南天[2]达道风。
北国风光[3]千里雪，岭南春色[4]见霞虹。
惟真惟肖长城[5]画，流惠流芳山水中。
倒插梅花[6]喜讯早，江山如画[7]艳娇红。

注释

1. 睡春画院：关山月原书画院名称。

2—7. 浩阔南天、北国风光、岭南春色、长城、倒插梅花、江山如画均为在关山月美术馆展出的七幅作品名称。

关山月美术馆是由深圳市政府投资兴建，以关山月先生名字命名的国家美术馆。于1995年元月奠基，1997年6月25日正式落成开馆。江泽民总书记亲笔题写馆名。是一个非营利性的、对社会和公众开放的永久性国家文化事业机构。以收藏、研究、陈列、推广关山月先生的美术作品为主，同时兼备国家现代美术馆的各项功能。作为深圳标志性文化设施，已经成为特区文化一道亮丽的风景线。

采桑子·大芬村

春花秋月时芳润[1]，最美乡村[2]，才气盈门。艺术飞风匠画[3]魂。

旅游示范[4]开诚[5]信，凤纸兰熏[6]，墨迹清纯。文化熏陶满眼新。

注释

1. 时芳润：时芳：指应季节而开放的花卉。例句：唐·沉佺期《览镜》诗："时芳固相夺，俗态岂恒坚。"芳润：

"芳香润泽。亦用以喻文辞之精华。"例句：晋·陆机《文赋》："倾群言之沥液，漱'六艺'之芳润。"

2. 最美乡村：中央电视台、凤凰卫视等媒体报道大芬村为最美乡村。
3. 匠画：工匠用界尺作的图画。后指缺乏艺术特色的作品。例句：清·王夫之《姜斋诗话》卷下："至盛唐以后，始有即物达情之作……宋人于此茫然，愈工愈拙，非但'认桃无绿叶，道杏有青枝'为可姗笑已也。嗣是作者益趋匠画，里耳喧传，非俗不赏。"
4. 旅游示范：深圳旅游局评定大芬村为旅游示范景区。
5. 开诚：推诚相待；表明诚意。例句：明·唐顺之《与陈后冈参议书》："李泌、陆贽之徒，则其于道虽未醇，而本其天资之所暗合，亦往往开诚而不欺，恬淡而少欲。"
6. 兰熏：兰之馨香。喻人德行之美。例句：南朝·梁·王僧孺《为何库部旧姬拟蘼芜之句》诗："出门望兰熏，褰帘正逢君。"

大芬村位于深圳市布吉街道办，曾是并不起眼的客家人聚居村落。在这里，可以见到国际著名油画家的作品。大芬村每年生产和销售的油画，价值高达40多亿元，被国内外的艺术同行誉为"中国油画第一村"。

文博宫

古韵悠长唐宋年，都城串起[1]明清前。
美轮美奂[2]鸿宫苑，怀古怀今颂雅篇。
一祖三宗咏画展[3]，百家雕像[4]景辉然。
风光迤逦凤仪[5]秀，艺术长廊挂笑妍[6]。

注释

1. 都城串起：文博宫的建筑是以唐宋元明清风格布陈。
2. 美轮美奂：形容房屋的高大和众多。例句：语本《礼记·檀弓下》：“晋献文子成室，晋大夫发焉。张老曰：

美哉轮焉，美哉奂焉！”

3. 咏画展：咏画：吟诗作画。例句：宋·张先《熙州慢·赠述古》词：“武林乡，占第一湖山，咏画争巧。鹫石飞来，倚翠楼烟霭，清猿啼晓。”画展：绘画展览。亦指绘画展览会。例句：柯岩《奇异的书简·追赶太阳的人》：“画展的大厅，人像溪水一样流着。”
4. 百家雕像：文博宫艺术群景点名称。
5. 凤仪：文博宫位置在风景区凤仪山下。
6. 挂笑妍：面带笑容，谓以笑显示的娇媚。例句：明·张四维《双烈记·就婚》：“甘为他妇奴之愿，怎肯倚户从人献笑妍？”

深圳文博宫位于深圳市龙岗区布吉街道西环路，是中国南方最大的仿古集群式建筑群。作为目前国内单项面积最大的古玩珠宝艺术品交易中心，文博宫的经营范围与形式都紧扣深圳市文化创意产业这个中心。拥有集工艺制作、艺术沙龙、创作体验、展示交易、休闲旅游为一体的综合性文化产业链。

古玩城

中华智慧五千年，古物遗珍[1]戴德全。
细镂精雕陈美器[2]，琳琅满目生云烟。
典藏魁品[3]传留念，艺术流光烈灿然[4]。
文化繁荣华盛世[5]，通今博古写鸿篇[6]。

注释

1. 遗珍：指前人留下的珍品。例句：南朝·梁·江淹《杂三言·镜论语》：“味哲人之遗珍，折片句兮忘老。”
2. 陈美器：陈美：赞美称善。例句：清·毛先舒《诗辩坻·总论》：“维诗作诂，颇有烦名，六艺群纬，义洽理备，均以宣其堙郁，节其波荡，陈美以为训，讽恶以为戒。”美器：精美的器具。例句：《新唐书·郭子仪传》：“前后赐良田、美器、名园、甲馆不胜纪。”

3. 魁品：高档的；上等的品级。例句：徐珂《清稗类钞·植物·一线红丫兰》：“灶山兰有十五萼，色碧玉，花枝开，体肤松美，兰中之魁品也。”
4. 灿然：明亮貌。例句：宋·梅尧臣《夜》：“群物各已息，众星灿然森。”
5. 华盛世：华盛：繁华兴盛。例句：《资治通鉴·隋炀帝大业六年》：“先命整饬店肆……盛设帷帐，珍货充积，人物华盛。”盛世：兴盛的时代。例句：《后汉书·崔骃传》：“何天衢于盛世兮，超千载而垂绩。”
6. 鸿篇：巨著；杰作。例句：明·张居正《答廉宪王凤洲书》：“家君在时，曾以祠碑，渎求名笔，荷蒙不弃，贶以鸿篇。”

深圳古玩城是民营资本自主投资兴建的全国最大的古玩艺术品市场，为深圳唯一经政府批准的文物监管物品专业文化市场，2008年9月，被国家文化部评为国家文化产业示范基地。位于深圳市罗湖区沿河路与新秀路的交会处，交通便利、环境优雅、设施齐全、服务专业，地理位置独特，各项条件优越，为海内外客户文化投资的风水宝地。

文化创意园

人文创意成规方[1]，和玉祥光翰墨[2]香。
古韵馨声百德颂[3]，繁华盛典鸿名[4]扬。
多元产业创佳绩，艺术村园融畅行[5]。
梵乐禅歌垂范世[6]，诗人兴会写弘彰[7]。

注释

1. 成规方：成规：既定的计划。例句：《三国志·吴志·丁奉传》："彼动其境内，悉许、洛兵大举而来，必有成规，岂虚还哉？"规方：规划方略。例句：《三国志·蜀志·蒋琬传》："臣既暗弱，加婴疾疢，规方无成，夙夜忧惨。"

2. 翰墨：指笔、墨；借指文章、书画。例句：三国·魏·曹丕《典论·论文》："古之作者寄身于翰墨，见意于篇籍。"
3. 百德颂：文化创意园著名女书法家、诗人谭砚创作的百德文化。
4. 鸿名：大名；盛名。例句：《史记·司马相如列传》："前圣之所以永保鸿名而常为称首者用此，宜命掌故悉奏其义而览焉。"
5. 融畅行：融畅：暖和舒畅。例句：宋·赵时庚《金漳兰谱·天地爱养》："夫春为青帝，回驭阳气，风和日暖，蛰雷一震而土脉融畅，万汇丛生。"畅行：顺利地通行。例句：柳青《铜墙铁壁》第一章："敌机把这条公路当成我军的主要供应线……弄得只在黑夜才能畅行。"
6. 垂范世：垂范：垂示范例。例句：唐·韩愈《寄卢仝》诗："假如不在陈力列，立言垂范亦足恃。"范世：作世人模范。例句：北齐·颜之推《颜氏家训·序致》："吾今所以复为此者，非敢轨物范世者。"
7. 弘彰：光大显扬。例句：唐·黄滔《知白守黑赋》："弘彰典式，克免危颠。"

深圳文化创意园矗立在福田区新洲南路，总建筑面积近20万平方米，是一个集高端文化产业的创意、办公、展示、交易及配套服务等于一体的多元化新型文化产业园区。

深圳大剧院听军歌

玉阶[1]放步几来回，荟萃群星走秀台。
天籁鸿音[2]传悦耳，琴歌凤曲顺风来。
披红挂彩[3]华荣庆，仪典[4]军旗碧眼开。
男女同台天作合，掌声阵阵献豪魁[5]。

注释

1. 玉阶：玉石砌成或装饰的台阶，亦为台阶的美称。例句：《文选·班固〈西都赋〉》："玄墀扣砌，玉阶彤庭。"
2. 鸿音：洪亮的声音。例句：唐·独孤及《鹿泉本愿寺铜钟铭》："虽鸿音未扬，识者已知其妙矣。"

3. 挂彩：谓遇喜庆事披挂彩绸。例句：《四游记·哪吒行兵收华光》："玉帝闻奏大悦，即宣哪吒到殿，封为定远征寇大元帅，赏金花二朵，御酒三杯，当殿挂彩出朝。"
4. 仪典：礼法；仪式。例句：《宋书·蔡廓传》："时中书令傅亮任寄隆重，学冠当时，朝廷仪典，皆取定于亮，每咨廓然后施行。"
5. 豪魁：强横而杰出。例句：明·范濂《云间据目抄·袁福征》："王甫辫发，大国母垂帘，诸军校为豪魁者干没庄邸，孱弱不能令。"

深圳大剧院坐落于深圳市罗湖区文化商业中心，毗邻连接香港的深圳西部通道繁华地段，剧院作为现代化综合甲等剧院，是一个高起点、高层次的文化综合体，能满足舞剧、歌剧、话剧、交响音乐会、戏曲及综艺会演等演出使用要求，其建声效果达到建筑声学和舞台设备功能配置的国内顶级水准。

文化创意园咏十德铭

一德鸿运开，二德消祸胎。

三德福禄在，四德聚宝财。

五德康宁寿[1]，六德贵人来。

七德子孙贵，八德硕俊才[2]。

九德耀宗祖，十德得五魁[3]。

注释

1. 康宁寿：五福之三福。
2. 硕俊才：硕俊：指德高望重、才智出众之人。俊才：才智卓越的人。例句：《汉书·吾丘寿王传》：“今陛下昭明德，建太平，举俊才，兴学官。”
3. 五魁：明代科举分五经试士，每经所取第一名谓之经魁。乡试中每科前五名必须分别是某一经的经魁，故称五经魁。之后五经试士制虽废，但习惯上仍称乡试所取前五名为五经魁。亦省称“五魁”。例句：清·和邦额《夜谭随录·苏仲芬》：“场事毕，仲芬文章佳甚，同人决其不出五魁。”

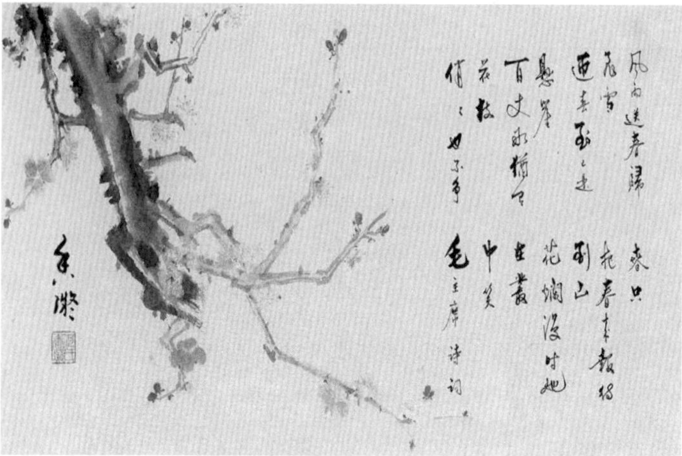

归字谣·何香凝美术馆咏梅

其一

梅，酣笑迎春皓雪[1]陪，华堂彩[2]，寒岁捧金杯。

其二

梅，圣洁妍姿[3]绿水隈，春来报，明灿艳芳催。

其三

梅，青紫红袍五斗魁[4]，芳心静，皎洁伴春雷。

其四

梅，玉叶金枝雪里栽，幽香雅，风雨送春归。

其五

梅，峻岭高山尽美材[5]，冰花美，祥瑞[6]耀光辉。

其六

梅，花落花开风转回，诗魂质，虹气[7]满天飞。

注释

1. 皓雪：白雪。例句：晋·陆机《七征》："灼若皓雪之颓玄云，皎若明珠之积缁匮。"
2. 华堂彩：全场鼓掌，一致叫好。例句：《解放军报》（1970–02–07）："过去有的人在演唱时，脑子里想的全是怎样才能炫耀自己，才能使自己'露一手'，才能获得'华堂彩'。"
3. 妍姿：美好的姿容。例句：三国·魏·曹丕《善哉行》："妍姿巧笑，和媚心肠。"
4. 斗魁：喻指德高望重或才学冠世而为众人景仰的人。例句：清·唐孙华《哭座主玉峰尚书徐公》诗："千秋制作垂金石，一代宗师识斗魁。"

5. 尽美：极美；完美。例句：《论语·八佾》："子谓《韶》，尽美矣，又尽善也。"
6. 祥瑞：吉祥的征兆。例句：汉·刘向《新序·杂事二》："成王任周召而海内大治，越裳重译，祥瑞并降。"
7. 虹气：旧指天地的精气。例句：《诗·墉风·蝃蝀》："蝃蝀，虹也。夫妇过礼，则虹气盛。"

关山月美术馆画展咏虾

（一）

江河湖海任君游，潮去潮来顺水流。

千米潜深沉住气，三餐觅食险中求。

生儿育女长相守，贵子贤孙遍五洲。

劳作勤耕传美德，剩凉饭菜肚中收。

（二）

大叉利剑哗争斗，结队成群把敌囚。

能屈能伸逆水上，一弯一曲露刀头。

劳烦琐事一双手，深浅悠闲上下浮。

恩怨情仇不计较，酸甜苦辣不言愁。

（三）

德馨齐老冰心画，笔下虾群戏盛秋。

短剑长须根祖辈，蚕衣节食度沙丘。

风花雪月自安乐，春水秋波飞荡悠。

在世染青身洁净，百年死后赤红留。

注释

齐白石（1864年1月1日—1957年9月16日），祖籍安徽宿州，生于湖南长沙府湘潭（今湖南湘潭）。是近现代中国绘画大师，世界文化名人。早年曾为木工，后以卖画为生，57岁后定居北京。擅画花鸟、虫鱼、山水、人物，笔墨雄浑滋润，色彩浓艳明快，造型简练生动，意境淳厚朴实。所作鱼虾虫蟹，天趣横生。

齐白石书工篆隶，取法于秦汉碑版，行书饶古拙之趣，篆刻自成一家，善写诗文。曾任中央美术学院名誉教授、中国美术家协会主席等职。代表作有《蛙声十里出山泉》《墨虾》等，著有《白石诗草》《白石老人自述》等。

宗教场所篇

深圳玄武观

玄武名观香翠潺，祥光春彩入云巅。
方车连驾淹迟[1]晚，名镇繁华庆瑞年。
轻踏台阶观大殿，门神法将镇双边。
佛歌阵阵频传耳，功德钱箱左右捐。
合手焚燃香慧火，叠双并跪殿炉前。
斋虔祈祷平安事，祸福逢凶问众仙。
信道慧心[2]造福祉，灵签摇得罚油钱。
迷津点醒顿开悟，帝德无私解运篇。

仙阁彩楼生紫烟，梵文道句顾哀怜[3]。
三清宝殿慈光闪，捐物添油日万千。
威震群方神迹[4]现，流芳青史展舒卷[5]。
善男信女迸纷涌，美好称声万里传。
祭祀登坛遐步[6]仰，成仙得道赋分[7]然。
元天上帝神威显，菩萨观音坐瑞莲。
宗教文明立宪法，和谐社会太平年。
慈悲佛祖畅心腑[8]，光耀中华圣德延。

注释

1. 淹迟：缓慢，迟缓。例句：《西京杂记》卷三："枚皋文章敏疾，长卿制作淹迟。"
2. 慧心：佛教指能感悟至理的心智，今泛指聪慧之心，聪慧的心思。例句：三国·魏·嵇康《声无哀乐论》："器不假妙瞽而良，钥不因慧心而调。"
3. 哀怜：对他人的不幸给予同情怜悯。例句：《管子·入国》："掌孤数行问之，必知其食饮饥寒、身之膌胜，而哀怜之。"
4. 神迹：神灵的事迹；灵异的现象。例句：晋·陆机《汉高祖功臣颂》："游精杳漠，神迹是寻。"

5. 舒卷：舒展和卷缩。例句：汉·刘胜《文木赋》："裁为用器，曲直舒卷。"
6. 遐步：远行。例句：唐·李华《陈留老父赞》："麒麟遐步，终日不踠。"
7. 赋分：天赋；资质。例句：唐·温庭筠《开成五年秋以抱疾郊野因书怀奉寄殿院徐侍御一百韵》："赋分知前定，寒心畏厚诬。"
8. 心腑：比喻真诚。例句：梁斌《红旗谱》三十七："他挺身立在千万人的前面，讲起话来，如同霹雳闪电，一句句劈进人的心腑。"

深圳玄武观坐落在龙岗区平湖镇，有500年历史香火传续。现成为深圳市第一处道观场所，挂牌"深圳宗教庙寺管理委员会"。

参观赤湾天后庙

冬去春来程日[1]新，世间妈祖一家亲。
救难解厄远离苦，暴雨狂风避赤神[2]。
天道酬勤生福慧，人伦善恶辨诚真。
弘扬正气清和[3]美，德耀中华济世民。

注释

1. 程日：期限；限定的日期。例句：《梁书·武帝纪中》：

“凡天下之民，有流移他境，在天监十七年正月一日以前，可开恩半岁，悉听还本。蠲课三年。其流寓过远者，量加程日。”

2. 赤神：南方的神。例句：《墨子·迎敌祠》：“敌以南方来，迎之南坛赤旗，赤神长七尺者七。”

3. 清和：清静和平。例句：《隶续·汉司空掾陈寔残碑》：“陈寔仲躬者，含圣喆之清和。”

赤湾天后宫，位于深圳市南山区赤湾村，依山傍海，风光秀丽。其创建远溯宋代，其营造气势宏伟，明、清两朝多次修葺，规模日隆。明永乐初年，三宝太监郑和奉明成祖朱棣之命，率领舟师远下西洋，开创海上“丝绸之路”，赤湾天后宫为其重要一站。以天后宫为中心的“赤湾胜概”是明清时期“新安八景”中的第一景。

凤凰山观音庙

观音菩萨净修身，正法如来见智仁。
端坐莲花观世事，焚香燃烛教凡人。
救生厄难[1]解烦苦，施惠[2]扶匡济吊民[3]。
觉悟禅心开道眼，佛光普照咏芳春[4]。

注释

1. 厄难：祸难。例句：《周书·周惠达传》："人生富贵，左右咸言尽节，及遭厄难，乃知岁寒也。"
2. 施惠：给人以恩惠。例句：《周礼·地官·乡师》："赒万民之藉阨，以王命施惠。”

3. 吊民：抚慰百姓。例句：《孟子·梁惠王下》：“诛其君而吊其民，若时雨降，民大悦。”

4. 芳春：春天。例句：晋·陆机《长安有狭邪行》：“烈心厉劲秋，丽服鲜芳春。”

凤凰山被誉为“宝安第一山”，建有凤凰山森林公园。山虽不高，却因山腰凤岩古庙、山下古塔古村而遐迩闻名，素有“凤山福水福盈地”的美誉。凤凰山观音庙始建于清嘉庆年间，被列为深圳市重点文物保护单位。

南头关公庙

赤兔[1]奔驰挂宝弓，凌云剑气贯长虹。
桃园结拜[2]共甘苦，生死同归帝德风[3]。
仗义疏财辞孟德[4]，青龙偃月[5]斩华雄。
疗伤割骨遗知痛，威震神州映碧空。

注释

1. 赤兔：古西凉（今兰州）宝马。

2. 桃园结拜：三国时期刘备、关羽和张飞三位仁人志士，在桃花盛开的季节，在桃花绚烂的园林，举酒结义，对天盟誓拜结为兄弟。
3. 帝德风：帝德：天子的德行。例句：《吕氏春秋·古乐》："帝舜乃令质修《九招》《六列》《六英》，以明帝德。"德风：道德风范。例句：《论语·颜渊》："君子之德风，小人之德草。草上之风，必偃。"邢昺疏："在上君子，为政之德若风；在下小人，从化之德如草。"
4. 孟德：三国曹操名的字。
5. 青龙偃月：青龙：即苍龙，四灵之一，古时以为祥瑞之物。例句：《淮南子·览冥训》："凤皇翔于庭，麒麟游于郊。青龙进驾，飞黄伏皁。"偃月：刀类兵器名。因形如偃月，并雕有青龙，故称。例句：《三国演义》第一回："云长造青龙偃月刀，又名'冷艳锯'，重八十三斤。"

关羽，字云长，河东郡解县（今山西运城）人，东汉末年名将，早期跟随刘备辗转各地，曾被曹操生擒，于白马坡斩杀袁绍大将颜良，与张飞一同被称为万人敌。

建安二十四年（219年），东吴吕蒙偷袭荆州，关羽腹背受敌，兵败被杀。关羽去世后，逐渐被神化，被民间尊为"关公"，又称美髯公。历代朝廷多有褒封，清代奉为"忠义神武灵佑仁勇威显关圣大帝"，崇为"武圣"，与"文圣"孔子齐名。《三国演义》尊其为蜀国"五虎上将"之首，毛宗岗称其为"《演义》三绝"之"义绝"。

参拜东山寺

鹏岛灵山崇峻清[1]，鹫峰[2]胜境画龙城。
龙头山顶聚仙气，晨露烟霞德慧[3]生。
花影芳林深院静，木鱼禅曲伴风声。
诚明善世[4]福丰报[5]，寺庙枇杷结子成。

注释

1. 崇峻清：崇峻：引申为崇高庄严。例句：《新唐书·刘祥道传》：“且掖省崇峻，王言秘密，尚书政本，人物所归，专责曹史，理有未尽。”峻清：高洁。例句：五代·王定保《唐摭言·知己》："河东裴腾士举，朗迈真直；弟霸士会，峻清不杂。"

2. 鹫峰：东山寺山顶景点名称。
3. 德慧：道德智慧。例句：《孟子·尽心上》："人之有德慧术知者，恒存乎疢疾。"
4. 诚明善世：诚明：至诚之心和完美的德行。例句：《礼记·中庸》："自诚明谓之性，自明诚谓之教，诚则明矣，明则诚矣。"善世：为善于世。例句：《易·干》："善世而不伐，德博而化。"孔颖达疏："谓为善于世而不自伐其功。"
5. 丰报：丰厚的酬报。例句：晋·孙楚《为石仲容与孙皓书》："丰报显赏，隆于今日矣。"

东山寺始建于明朝洪武二十七年（1394年），一代风水大师赖布衣云游大鹏湾，路经东山龙头石山，发现该地有紫霞光，此乃吉祥之光，便告诉当地村民，此为胜地，在此建一座庙宇，可保一方平安，于是建成了东山寺。历史至今经历过三次重修，第一次重修在清咸丰四年（1854年）春。1993年对东山寺展开第二次重修。2009年进行了第三次重修。

参拜弘法寺

法寺门前翠雾[1]熏，钟声悦耳降灵芬。
虔心苦渡芳尘世，剃发成僧念梵文。
信女善男跪拜礼，大雄宝殿见真君。
诵经读典阿尼[2]咒，祈福消灾慕德[3]云。

注释

1. 翠雾：苍郁的雾气。例句：元·倪瓒《题画》诗："雨后池塘竹色新，钩帘翠雾湿衣巾。"
2. 阿尼：尼姑。例句：《北齐书·琅邪王俨传》："士开昔来实合万死，谋废至尊，剃家家头使作阿尼，故拥兵佛教教育的年轻僧人。”

3. 慕德：向慕德化。例句：汉·焦赣《易林·讼之既济》：“白雉群雊，慕德朝贡。湛露之恩，使我得欢。”

深圳弘法寺位于深圳仙湖植物园内，始建于1985年，建筑面积三万余平方米。1990年8月31日，经深圳市人民政府批准，弘法寺作为宗教活动场所对公众开放，现已成为深圳地区香火最为鼎盛、规模和影响最大的佛教寺庙。

如今，寺院主体建筑已经完成，弘法寺现有僧众80余人，而且多数是接受过正规佛教教育的年轻僧人。

参观弘源寺

欣逢盛世吉昌时[1]，祈祷征祥[2]行践[3]仪。
洁净梵门[4]清戒律[5]，香魂游步饯春丝[6]。
积修福慧弘彰验[7]，拜佛求神绮梦思[8]。
禅院静深芳翠绿，神人结缘咏陈诗[9]。

注释

1. 吉昌时：吉昌：吉祥。指健康无恙。例句：《隋书·天文志中》："故日月行有道之国则光明，人君吉昌，百姓安宁。"昌时：太平盛世。唐·刘禹锡《代慰王太尉薨表》:“伏以武俊生逢昌时,天授忠节。”

2. 征祥:征兆。亦特指祥兆。例句:汉·刘向《说苑·善说》:“陛下之身逾盛,天瑞并至,征祥毕见。”
3. 行践:行走,走动。例句:南朝·梁·简文帝《谢赉纳袈裟启》之三:“臣卧疾累旬,未堪行践,不获即被新染,陪侍宝坊。”
4. 梵门:清净的法门。指佛门。例句:唐·李峤《为魏国北寺西寺请迎寺额表》:“宏济深于冥境,熏修入于梵门。”
5. 戒律:教徒必须遵守的,泛指其他成文或不成文的戒条。例句:清·陈康祺《郎潜纪闻》卷六:“尝制圣门戒律八条,自警警世。”
6. 饯春丝:饯春:送别春光。例句:清·王士禛《应天长·闺人刺绣》词:“饯春时节深深院,睡起金衣花外啭。”春丝:指春日的钓丝。唐·徐夤《钓车》诗:“轴磨骍角冰光滑,轮卷春丝水面平。”
7. 弘彰验:弘彰:光大显扬。例句:唐·黄滔《知白守黑赋》:“弘彰典式,克免危颠。”彰验:指明确的证据。例句:《晋书·陆云传》:“云为孟玖所怨,远近莫不闻。今果见杀,罪无彰验,将令群心疑惑,窃为明公惜之。”
8. 绮梦思:绮梦:美梦。例句:瞿秋白《乱弹·代序》:‘干嘉以降’不久,昆曲的清歌曼舞的绮梦,给红巾长毛的‘叛贼’捣乱了。”梦思:梦中的思念。例句:唐·严武《酬别杜二》诗:“但令心事在,未肯鬓毛衰。最怅巴山里,清猿醒梦思。”
9. 陈诗:谓采其诗而视之。例句:《礼记·王制》:“命大师陈诗，以观民风。”

弘源寺，原名乌石寺，始建于清朝嘉庆年间，坐落于宝安石岩湖温泉度假村境内，几经战乱，虽多次修复但终究毁损仅留遗址。1999年10月，第一期工程的大雄宝殿、天王殿、钟楼、鼓楼、连廊主体建筑完成。2008年弘源寺为弘法修建全国最大的佛教学院，为佛教培育僧才，续佛慧命，寺院二期项目已于2009年正式启动。

宋少帝陵

南山脚下赤风[1]吹，沧海遗珠[2]僧道[3]知。
群鸟遮居[4]炎烈日，飞鱼托举少童尸。
翠烟袅绕鹤云[5]月，祥瑞轻安[6]祭典[7]时。
国破家亡正气在，秀夫殉海举龙旗[8]。

注释

1. 赤风：天赤而有大风，古代以为兵灾之兆。例句：《太平御览》卷八七六引《春秋潜潭巴》："天赤有大风，发屋折木，兵大起，行千里。"

2. 沧海遗珠：海中珍珠被收采者遗漏。比喻被埋没的人才或为人所忽视的珍品，这里指宋少帝遗体。例句：明·郎瑛《七修类稿·辩证五·格古要论当再增考》：“（格古要论）考收似亦博矣，偶尔检阅，不无沧海遗珠之叹。”
3. 僧道：僧人与道士。例句：唐·韩愈《贺观察使状》：“当时集百官僧道百姓，宣示讫。”
4. 群鸟遮居：当时宋元两军在海面决战，宋军寡不敌众，大败海上。左宰相陆秀夫见大势已去，于是身穿朝服，背起八岁小皇帝到船头，跳入茫茫大海，至此，南宋彻底灭亡。帝尸漂流在海面上，上有大鸟展开翅膀遮在他身上，下有群鱼架托让他浮在水面，后被僧人在赤湾海上发现辨认是帝尸。
5. 鹤云：白云。例句：《旧唐书·音乐志三》：“鹤云旦起，乌星昏集。”
6. 轻安：谓流畅而平和。例句：清·王夫之《姜斋诗话》：“熙甫子子慕，变矫厉为轻安，不失为儒者之言，度越其父远甚。陈诗且未工。”
7. 祭典：祀典。祭祀的礼仪法度。例句：《礼记·月令》：“（孟春之月）是月也，命乐正入学习舞，乃修祭典。”
8. 龙旗：画有两龙蟠结的旗帜。天子仪仗之一。例句：《后汉书·明帝纪》：“东海王强薨，遣司空冯鲂持节视丧事，赐升龙旄头、銮辂、龙旗。”

宋少帝，也称宋末帝。早期所称的末帝墓，是南宋最后一个皇帝宋少帝赵昺的陵墓，位于深圳市南山区招商街道赤湾村少帝路赤湾公园附近，是广东省境内唯一的一座宋代皇帝陵寝。宋少帝陵是深圳市第一批重点文物保护单位。

会展文化篇

水调歌头·高交会

盛会传声闻，瞧技术高新。科研成果先进，旷世[1]胜常伦[2]。参展组团鸿阵[3]，融合军民走近，艺术画方陈[4]。立意人为本，碧眼赏稀珍。

中国造，如春笋，仿真人。星空飞吻，神舟智慧喜逢春。科技兴邦提振，文化领先自信，雅韵入青云。牵手舞摇滚，时代长精神。

注释

1. 旷世：绝代；空前。例句：宋·周辉《清·波杂志》卷一："淳熙登号之三年，朝廷举行旷世之典。"
2. 常伦：伦常。超越一般规律。例句：《史记·宋微子世家》："于乎！维天阴定下民，相和其居，我不知其常伦所序。"
3. 鸿阵：鸿雁飞行时排成的队形。例句：宋·张耒《秋日登海州乘槎亭》诗："隔水飞来鸿阵阔，趁潮归去橹声忙。"
4. 方陈：用多种办法设计。例句：见《孙膑兵法·十阵》。《国语·吴语》："十旌一将军，载常建鼓，挟经秉枹，为万人以为方陈。"

中国国际高新技术成果交易会是经国务院批准举办的高新技术成果展示与交易的专业展会。高交会由多家政府部门、科研单位和深圳市人民政府共同主办，由深圳和中国国际高新技术成果交易中心承办，每年的11月16日至21日，在深圳举行。

高交会以"国家级、国际性、高水平、大规模、讲实效、专业化、不落幕"的特点，成为中国高新技术领域对外开放的重要窗口，在推动高新技术成果商品化、产业化、国际化以及促进国家、地区间的经济技术交流与合作中发挥着越来越重要的作用。

沁园春·深圳读书月

都市文明，殷众[1]书声，大地奋荣[2]。倩语[3]依丽[4]影，诗歌吟咏，才情雅兴，晖采[5]盈盈。文化家庭，书香意境，旗帜鲜明人气升。高矮凳，阅读端坐静，陶冶心灵。

中华美德传承，奉献爱心牵手畅行。读书鸿号令，阳光辉映，百花齐放，翠鸟争鸣。文创轩腾[6]，国家强盛，朗朗乾坤慧俊[7]英。文彪炳[8]，玉音[9]昌世[10]听，唱响鹏城。

注释

1. 殷众：众多。例句：《管子·权修》："百姓殷众，官不可以无长。"
2. 奋荣：谓繁花怒放，草木争荣。例句：三国·魏·曹植《大暑赋》："寒泉涌流，玄木奋荣。"
3. 倩语：指女子姣好的语声。例句：《儿女英雄传》第二十三回："公子见他波脸如娇花含笑，倩语如好鸟弄晴。"
4. 依丽：依附美丽。例句：《明史·高弘图传》："柧棱自持，不依丽人。"
5. 晖采：光彩；日光。例句：《明史·余珊传》："且京师阴霾之气，上薄太阳，白昼冥冥，罕有晖采，尤为可畏。"
6. 轩腾：飞腾。例句：宋·曾巩《苦热》诗："赫日已照灼，赤云助轩腾。"
7. 慧俊：聪颖俊美。例句：清·余怀《板桥杂记·丽品》："李香身躯短小，肤理玉色，慧俊婉转，调笑无双。"
8. 彪炳：文采焕发貌。例句：《西京杂记》卷六："文章璀璨，彪炳涣汗。"
9. 玉音：清雅美妙的声音。例句：晋·陶潜《读〈山海经〉》诗之七："灵凤抚云舞，神鸾调玉音。"
10. 昌世：太平盛世。例句：南朝·梁·江淹《萧骠骑让太尉增封第三表》："臣官逢昌世，运渐时明。"

深圳读书月，是由深圳市委市政府于2000年创立并举办的一项大型综合性群众读书文化活动，时间为每年的11月1日至30日。是以“阅读·进步·和谐”为总主题的文化活动。联合国教科文组织特别授予深圳“全球全民阅读典范城市”光荣称号，以表彰深圳坚持不懈推动国际化建设和全球文化交流合作，尤其在推广书籍和阅读方面为全球树立了典范。

一剪梅·参观文博会

孟夏[1]鹏城[2]朝日辉，文化浓酾[3]，礼制邦仪[4]。相逢宾友举金杯，工艺陶瓷，字画题诗。

博览招商圆梦回，政企依偎[5]，国际公推[6]。群英荟萃展豪魁[7]，崇贵[8]巡回，一路参陪[9]。

注释

1. 孟夏：夏季的第一个月，农历四月。例句：《礼记·月令》："孟夏之月，日在毕。"《楚辞·九章·抽思》：

“望孟夏之短夜兮，何晦明之若岁。”

2. 鹏城：深圳市别称，因地处大鹏半岛而得名。
3. 浓酾：指兴味浓厚。例句：《醒世恒言·张廷秀逃生救父》：“（王员外）款留媒人酒饭，正说得浓酾，饮得高兴。”
4. 邦仪：国家的礼制。例句：宋·岳飞《奏乞依枢副旧例叙位札子》：“欲望圣慈令臣只依旧例叙位，在参知政事之下，庶使邦仪不易，愚分可安。”
5. 依偎：亲热地紧靠着。亦泛指倚靠。例句：夏衍《法西斯细菌》第三幕：“（寿珍）一进门就依偎到静子身边。”
6. 国际公推：谓共同推选荐举某人担任某种职务或从事某项事务。例句：范文澜、蔡美彪等《中国通史》第三编第五章第一节：“菩萨创行酋长世袭制，但仍采公推形式。”
7. 豪魁：强横而杰出。例句：明·范濂《云间据目抄·袁福征》：“王甫辫发，大国母垂帘，诸军校为豪魁者干没庄邸，孱弱不能令。”
8. 崇贵：尊贵；高贵。例句：鲁迅《书信集·致许寿裳》：“因旧日同学，多已崇贵，而我为流人，音问久绝。”
9. 参陪：参赞陪侍；伴随。例句：宋·苏辙《谢除尚书右丞表》：“才不逮于中流，幸则过于前辈，出入数岁，参陪大猷。”

深圳文博会是目前我国唯一一个国家级、国际化、综合性文化产业博览交易会。深圳文博会自2004年创办以来，品牌影响力越来越广泛，国内外客商参展热情越来越高，对推动文化大发展大繁荣的作用更加凸显，已经成为展示文化改革发展成果、促进中外文化交流合作的亮丽名片。

满江红·纪念孙中山150周年诞辰

世界潮流，共携手，废除帝旧。国拯救，民生唱口，民权精究。革命先驱心血呕，民权运动云层宙[1]。世尊崇、主合族[2]沉浮，承担负。

统领袖、肝胆守，兴护法、宽弘厚。国事传遗嘱、轨书[3]亲授。赤县兴腾盈诒后[4]，神州崛起歌呼吼。龙抬头、国共荡神州，春和奏。

注释

1. 层宙：高空层叠飘云。例句：唐·李德裕《早入中书行公主册礼事，登集贤阁成咏》："明星入东陌，灿灿光层宙。"
2. 合族：指中华各民族，聚集全族的人。例句：《礼记·大传》："旁治昆弟，合族以食，序以昭缪。"
3. 轨书：指法度体制，这里指孙中山遗书。例句：语出《礼记·中庸》："今天下车同轨，书同文，行同伦。"
4. 诒后：谓传之后代。例句：《新唐·书·李绩传》："我见房玄龄、杜如晦、高季辅皆辛苦立门户，亦望诒后，悉为不肖子败之。"

孙中山，名文，字载之，号日新，又号逸仙，幼名帝象，化名中山樵。出生于广东省香山县（今中山市）翠亨村的农民家庭。他是中国近代民族民主主义革命的开拓者、中国民主革命的伟大先行者、中华民国和中国国民党的缔造者、三民主义的倡导者，创立《五权宪法》。他首举彻底反帝反封建的旗帜，"起共和而终两千年封建帝制"。

辛亥革命后被推举为中华民国临时大总统。1925年3月12日孙中山在北京逝世。1929年6月1日，根据其生前遗愿，葬于南京紫金山中山陵。1940年，国民政府通令全国，尊称其为"中华民国国父"。

孙中山为了改造中国耗尽毕生的精力，在历史上留下了不可磨灭的功勋，同时也为新中国的建立留下了珍贵的遗产。

深圳音乐厅听琴

春风得意玉烟[1]浔，雅韵鸿筝[2]碧凤吟[3]。
和乐妍歌华盛[4]世，高山流水[5]觅知音。
樵夫[6]挚友听遗曲，楚国仙师[7]摔断琴。
不见子期不活命，伯牙江口[8]捶胸襟。

注释

1. 玉烟：指烟霭。例句：唐·李贺《溪晚凉》诗："玉烟青湿白如幢，银湾晓转流天东。"
2. 鸿筝：大筝。例句：清·金石《月下笛》词："听水曲，歇鸿筝，还自榆钱独数。”

3. 碧凤吟：碧凤：毛羽翠绿的凤凰。例句：元·成廷珪《寄题松江青龙瞿睿夫通波草阁》诗：“山如碧凤参差出，江作青龙左右蟠。”凤吟：比喻清悠纤细的声音。唐·吴筠《竹赋》：“上点点以云翳，下泠泠而凤吟。”
4. 华盛：繁华兴盛。例句：《资治通鉴·隋炀帝大业六年》：“先命整饬店肆……盛设帷帐，珍货充积，人物华盛。”
5. 高山流水：古人俞伯牙善于弹琴，钟子期善于欣赏。伯牙弹奏描写高山流水的曲调，子期都能准确领会。后用“高山流水”比喻知己或知音，也比喻乐曲高妙。例句：《列子·汤问》：“伯牙鼓琴，志在登高山，钟子期曰：善哉，峨峨兮若泰山。志在流水，曰：善哉，洋洋兮若江河。”
6. 樵夫：打柴的人。这里指钟子期。例句：《汉书·扬雄传下》：“士有不谈王道者则樵夫笑之。”
7. 仙师：对仙人的尊称，这里指俞伯牙。例句：唐·王勃《游庙山赋序》：“王子驭风而游，泠然而喜……因欲攀洪崖于烟道，邀羡门于天路。仙师不存，壮志徒尔。”
8. 江口：湖北省地名。

深圳音乐厅坐落在福田中心区，北靠风光秀美的莲花山，南临深圳市民中心。由享誉国际建筑界的日本著名建筑大师矶崎新先生主持设计，其建筑造型优雅独特，外墙采用“黄红青白黑”五色，蕴含象征中国传统五行的理念，充分融汇出东西方的文化韵味。

文博会品魏治平书法

张张墨宝大师风，款款行书见底功。

秀句清清接地气，绮诗[1]淡淡夺天工。

朝朝春彩凝云朵，冉冉辉光似宛虹。

翘袖[2]盈盈露玉骨，丝丝锦缎[3]绣莲蓬[4]。

注释

1. 绮诗：指美妙动人的诗句。例句：清·余怀《〈板桥杂记〉后跋》：“黄鲁直作为绮诗，当堕泥犁地狱。”

2. 翘袖：举袖。指舞蹈中的一种姿势。例句：《西京杂记》卷一：“（戚夫人）善为翘袖折腰之舞，歌《出塞》之曲。”

3. 锦缎：亦作“锦段”。一种丝织品，表面有彩色花纹，可做服装和装饰品等。例句：唐·李商隐《鸾凤》诗：“金钱饶孔雀，锦段落山鸡。”

4. 莲蓬：莲花开过后的花托，倒圆锥形，里面有莲子，又称“莲房”。例句：宋·辛弃疾《清平乐·村居》：“溪头卧剥莲蓬。”

魏治平教授是一位80岁的文化全才，书法教育家，原中南财经大学书法艺术教授，深圳市市政设计院艺术顾问、大亚湾区文化顾问。他的诗、文、书、画、印作品笔画纵横，简洁老辣，内实外展，结体自然，行笔雄健，精致苍劲，风格独特，大气磅礴。他对甲骨文的传承和创作独具一格，其作品被美国前总统老布什、印第安纳州州立大学博物馆等个人和机构收藏。在国内桃李满天下，包括国家博物馆等多家文化机构收藏其作品，多家媒体对魏治平的艺术成就给予极高的评价。

深圳年货博览会听琴

心头压力重深沉，花事[1]愉娱听雅琴。

闲畅[2]之余偷着乐，人生何处不知音？

注释

1. 花事：关于花的情事。春季百花盛开，故多指游春看花等事。例句：宋·杨万里《买菊》诗："如今小寓咸阳市，有口何曾问花事。"
2. 闲畅：悠闲舒畅。例句：《世说新语·容止》："潘岳妙有姿容。"刘孝标注引《潘岳别传》："岳姿容甚美，风仪闲畅。”

深圳市每年的“年货大展销，快乐一站购”活动在市体育馆举办。春节来临之际，组织年货节暨团购大展销，搭建商家展示品牌、市民采购年货的平台，从而刺激消费，丰富深圳市场，推广企业品牌。展销项目有服装、土特产、酒类、电器、肉类、茶叶、干果、礼品、皮革制品等品种齐全。活动包括传承中华传统年俗文化，刺激拉动春节经济消费，商家自行布展，推销自己的产品。期间还组织礼品派送、春联赠写、爱心年货捐赠等活动，穿插文艺表演、雅乐助兴等，以吸引人气，营造节日气氛，因而受到市民好评。

归字谣·深圳酒博会

其一

酒，野果深山洞穴有，古猿猴[1]，史记迩遥久[2]。

其二

酒，谷物药材瓦罐缶，夏杜康[3]，酿造册传读。

其三

酒，御宴盛朝祝大寿，明典仪[4]，三礼谱[5]恭候。

其四

酒，南北有别范例守，欢庆功，雅量饮连昼。

其五

酒，骚客文人喝一口，咏吟诗，妙句上千首。

其六

酒，招待邀约会好友，举金杯，高兴一声吼。

其七

酒，宫院欢歌荡细柳[6]，舞霓裳，金碧翠盈袖。

其八

酒，腊月寒冬暖脚手，敬亲人，陈酿对开取[7]。

其九

酒，天上星星参北斗，叙豪情，喝到九月九。

注释

1. 猿猴：猿和猴。例句：清·徐珂《清稗类钞·战事类》：

“酒属猿猴采果子藏于洞穴中，因时间长久变成果汁香酒。”

2. 迩遥久：迩遥：犹远近。例句：宋·王安石《重登宝公塔》诗之二：“他方出没还如此，与物何心作迩遥。”遥久：长久。例句：高士其《天的进行曲》诗：“天是最深远的，也是最遥久的。”

3. 夏杜康：夏臣子，酒祖师。

4. 典仪：典礼仪式。例句：南朝·梁·刘勰《文心雕龙·奏启》：“陈政事，献典仪，上急变，劾愆谬，总谓之奏。”

5. 三礼谱：指古代酒礼中有三巡九谱二十七令。

6. 细柳：初生的嫩柳条。例句：唐·杜甫《哀江头》诗：“江头宫殿锁千门，细柳新蒲为谁绿？”

7. 开取：打开。例句：宋·无名氏《张协状元》戏文第十出：“雪儿又下，朱户闭景物惭惶。来古庙试开取，投宿又何妨。”

深圳酒行业博览会在深圳国际会展中心举办，千名来自酒产业链的参加者，媒体观摩团成员，国家、部委、省市领导观摩团成员，组成1200人方阵。这是中国酒产业的业态，深入分析“定位·战略、资本·模式、品牌·营销”等方面并进行展示的交流平台。

文博园画展咏曹公

雀台[1]钟鼓玉华宫[2]，孟德[3]诗魂赞老翁。
虽寿神龟[4]成赤土，东临碣石[5]炳文风。
马超厮杀布鸿阵，翼德[6]坡头逸骏雄。
四海扬威立壮志，废朝立魏建奇功。

注释

1. 雀台：乐府平调曲名。又名“铜雀妓”。例句：宋·郭茂倩《乐府诗集·相和歌辞六·铜雀台》题解：“一曰《铜雀妓》。”

2. 玉华宫：指仙境。例句：宋·苏舜钦《中秋松江新桥对月和柳令之作》："云头艳艳开金饼，水面沉沉卧彩虹。佛氏解为银世界，仙家多住玉华宫。"
3. 孟德：曹操（155年—220年），字孟德，小字阿瞒，沛国谯县（今安徽亳州）人。东汉末年杰出的政治家、军事家、文学家、书法家，三国中曹魏政权的奠基人。

    曹操在世时任东汉丞相，后为魏王。去世后谥号为武王。其子曹丕称帝后，追尊为武皇帝，庙号太祖。
4. 神龟：指曹操的名作《龟虽寿》。
5. 东临碣石：指曹操的名作《观沧海》。
6. 翼德：张飞的名。指古人的名后面带有字，多用助词。

文博园画展咏孔明

汉室纷争心路通，使君纳顾[1]问贤聪。
三分天下隆中对，六出祁山[2]火映空[3]。
遁甲奇门[4]布画阵，锦囊[5]妙计藏胸中。
安刘扶汉出师表，命系苍天听北风。
偶像遗风颂诸葛，贤豪[6]伟略[7]当殊荣。
忠诚爱国建功绩，廉洁为公诵烈名[8]。
司马相持克劲敌，周瑜吊孝诉衷情。
街亭失守自纠责，千古流芳隽德[9]声。

注释

1. 纳顾：受到知遇。例句：汉·应璩《与满炳书》："昨者不遗，猥见照临，虽昔侯生纳顾于夷门，毛公受眷于逆旅，无以过也。"
2. 祁山：祁山在甘肃省礼县东部，原来叫作祁山乡，2014年改为祁山镇。
3. 映空：映红天空，指孔明指挥军队同司马懿魏国交战时火烧子午谷。例句：宋·孙光宪《河传》词："如花殿脚三千女，争云雨，何处留人住？锦帆风，烟际红，映空，魂迷大业中。"
4. 奇门：术数的一种。以十干中的"乙、丙、丁"为"三奇"，以八卦的变相"休、生、伤、杜、景、死、惊、开"为"八门"，故名"奇门"；十干中"甲"最尊贵而不显露，"六甲"常隐藏于"戊、己、庚、辛、壬、癸"所谓"六仪"之内，三奇、六仪分布九宫，而"甲"不独占一宫，故名"遁甲"。迷信者认为根据奇门遁甲，可推算吉凶祸福。例句：《续儿女英雄传》："二人皆会奇门遁甲，知道二徒弟有难故来相救。"
5. 锦囊：用锦制成的袋子。古人多用以藏诗稿或机密文件。例句：《南史·徐湛之传》："以锦囊盛武帝纳衣，掷地以示上。"
6. 贤豪：贤明豪迈。例句：汉·刘向《说苑·政理》："文侯曰：子往矣，是无邑不有贤豪辩博者也。"
7. 伟略：宏伟的谋略。例句：明·杨守陈《重锓诚意伯文集序》："其说言竑议，牖道天衷；伟略奇谋，指授群帅者，鼎彝勒之，汗青书之，四方尚能道之。"

8. 诵烈名：诵烈：颂扬功业。例句：《史记·秦始皇本纪》："群臣诵烈，请刻此石，垂着仪矩。"烈名：威名。《国语·晋语九》："君有烈名，臣无叛质。例句：三国·魏·刘劭《人物志·八观》："是故骨直气清，则休名生焉；气清力劲，则烈名生焉。"

9. 隽德：才德杰出的人。例句：汉·应劭《风俗通·过誉·度辽将军安定皇甫规》："弟实隽德，不患无位。"

诸葛亮，字孔明，号卧龙，汉族，徐州琅琊阳都人，三国时期蜀汉丞相，杰出的政治家、军事家、书法家、发明家。在世时被封为武乡侯，死后追谥忠武侯，东晋政权因其军事才能特追封他为武兴王。其散文代表作有《出师表》《诫子书》等。曾发明木牛流马、孔明灯等，并改造连弩，叫作诸葛连弩，可一弩十矢俱发。于建兴十二年（234年）在五丈原逝世。

文博园画展叹周瑜

才能妙绝[1]气如虹，凤苑娇乔[2]绣玉蓬。
倜傥[3]风流行仗义[4]，英姿挥洒赋诗鸿。
三军统帅镇江夏，赤壁攻曹赏誉功。
才俊芳年闻早逝，长河吟曲唱灵空[5]。

注释

1. 妙绝：精妙绝伦。例句：南朝·齐·陆厥《奉答内兄希叔》诗："书记既翩翩，赋歌能妙绝。"
2. 娇乔：周瑜的夫人小乔。

3. 倜傥：洒脱；不拘束。例句：司马迁《报任安书》：“古者富贵而名磨灭，不可胜记，唯倜傥非常之人称焉。”
4. 仗义：义气信用；主持正义。例句：《汉书·贾谊传》：“顾行而忘利，守节而仗义，故可以托不御之权，可以寄六尺之孤。”
5. 灵空：指神灵天空。例句：唐·李咸用《赠来进士鹏》诗：“语玄人不到，星汉在灵空。”

周瑜，字公瑾，东汉末年名将，安徽庐江舒县人。洛阳令周异之子，堂祖父周景、堂叔周忠，都官至太尉。长壮有姿貌，精音律，江东有“曲有误，周郎顾”之语。

文博园画展咏王昭君

楚汉[1]云天瑞雪[2]飘，昭君出塞[3]悸心焦。
毛公[4]画像点砂痣，皇上摇头望玉桥。
千里黄河水淼淼，万军跋涉护娇娇。
琵琶怀怨声声泪，回顾崇山渺渺迢。

注释

1. 楚汉：指楚地汉水之滨。
2. 瑞雪：应时好雪。因能杀虫保温，多视为丰年的预兆，故称。例句：南朝·陈·张正见《玄圃观春雪》诗："同云遥映岭，瑞雪近浮空。"

3. 昭君出塞：昭君出塞是我国历史上的一个真实故事。王昭君，名嫱，字昭君，原为汉宫宫女。公元前34年，匈奴呼韩邪单于被他哥哥郅支单于打败，南迁至长城外的光禄塞下，同西汉结好，曾三次进长安入朝，并向汉元帝请求和亲。王昭君听说后请求出塞和亲。她到匈奴后，被封为“宁胡阏氏”，象征她将给匈奴带来和平、安宁和兴旺。后来呼韩邪单于在西汉的支持下控制了匈奴全境，从而使匈奴同汉朝和好达半个世纪。
4. 毛公：毛延寿，汉代杜陵（今陕西西安）人。画人形，好丑老少，必得其真。元帝后宫既多，不得常见，乃使画工图形，按图召幸之。诸宫人皆赂画工，独王嫱不肯，遂不得见。后匈奴入朝，求美人为阏氏，上按图以昭君行。及去召见，貌为后宫第一。帝悔之，而名籍已定。乃穷案其事，画工毛延寿等皆同日弃市。例句：《西京杂记·历代名画记·图绘宝鉴》。

文博园画展叹杨玉环

春花秋月四时同，日丽清华照玉宫。
天质娇姿怜爱宠[1]，霓裳[2]歌舞戏莲蓬。
琼楼玉阁仙妃醉，南岭云山荔果[3]红。
万马不前挥刺剑，香消玉殒[4]乱军中。

注释

1. 怜爱宠：怜爱：疼爱；怜惜。例句：《史记·赵世家》：

“左师公曰：老臣贱息舒祺最少，不肖。而臣衰，窃怜爱之。”爱宠：宠爱，喜爱。《汉书·杜钦传》：“好憎之心生，则爱宠偏于一人。”

2. 霓裳：神仙的衣裳。相传神仙以云为裳。例句：《楚辞·九歌·东君》：“青云衣兮白霓裳，举长矢兮射天狼。”

3. 荔果：岭南荔枝佳果。

4. 香消玉殒：比喻美丽的女子死亡。例句：明·许仲琳《封神演义》第三十回：“香消玉碎佳人绝，粉骨残躯血染衣！”

杨玉环（719年—756年），号太真。姿质丰艳，善歌舞，通音律，为唐代宫廷音乐家、舞蹈家。其音乐才华在历代后妃中鲜见，被后世誉为中国古代四大美女之一。

文博园画展咏西施

苎萝山下唤西施[1]，绝代佳人天丽姿[2]。

国恨家仇身尔许，旧情新爱割分离。

沉鱼醉看娇娘美，落雁低飞探雅规[3]。

兴越克吴传史话，流芳千古咏遗诗。

注释

1. 西施：名施夷光，越国美女，一般称其为西施，后人尊称其“西子”。春秋末期出生于浙江诸暨苎萝村，天生丽质，是美的化身和代名词。享有“闭月羞花之貌，沉鱼落雁之容”中的“沉鱼”，讲的是“西施浣纱”的经典传说。

2. 丽姿：美丽的姿态。例句：南朝·宋·何承天《木瓜赋》：“美中州之嘉树，表闲冶之丽姿。”
3. 雅规：高雅的风范。例句：《三国志·吴志·周瑜传》：“吾与足下州里，中间别隔，遥闻芳烈，故来叙阔，并观雅规，而云说客，无乃逆诈乎？”

文博园画展咏貂蝉

汉室[1]纷争潜略韬，诸侯争霸起波涛。
裙钗[2]娇艳花无色，豪杰难逃玉软刀。
绣帐[3]芳春腰舞俏，司徒[4]妙计陈兵操。
怀羞[5]忍辱报家国，红粉除奸诱慰[6]劳。

注释

1. 汉室：指汉朝。例句：《〈尚书〉序》："汉室龙兴，开设学校，旁求儒雅。"
2. 裙钗：妇女着裙插钗，因用为妇女的代称。例句：明·梁辰鱼《浣纱记·打围》："彼勾践不过一小国之君，夫人不过一裙钗之女，范蠡不过一草莽之士。"

3. 绣帐：被子和绣花的帐帏。
4. 司徒：三国司徒王允。
5. 怀羞：心怀羞愧；感到耻辱。例句：唐·赵嘏《下第》诗："南溪抱瓮客，失意自怀羞。"
6. 诱慰：劝导抚慰。例句：晋·常璩《华阳国志·后贤志·王长文》："县收得盗贼，长文引见诱慰。时适腊晦，皆遣归家。"

貂蝉是中国古代四大美女之一，《三国演义》中的人物，陕西米脂人。在民间传说中她原名任红昌，为了报答义父王允的养育之恩而甘愿献身完成连环计的故事在民间广为流传，为灭奸臣董卓做出巨大贡献。

茶博会品大福茶

休闲游览畅聊天，谈笑风生灿日[1]妍。
看座品茶人雅兴，圆杯小口心怡然。
红袍迈种[2]高山冈，玉叶金枞峭壁边。
青树佳传生景趣[3]，悬峰绝顶聚神仙。

注释

1. 灿日：谓与阳光相辉耀。例句：宋·赵时庚《金漳兰谱·叙兰容质》：“赵十四色紫，有十五萼，初萌甚红，开时若晚霞灿日，色更晶亮。”

2. 迈种：勉力树德。例句：语出《书·大禹谟》："皋陶迈种德。"宋·强至《贺致政少傅启》："恭以某官全德迈种，英猷济时。士林以师保而允怀，王室繄股肱而是赖。"
3. 景趣：由景色而生的情趣。例句：唐·李复言《续玄怪录·麒麟客》："敻家去此甚近，其中景趣亦甚可观，能相逐一游乎？"

深圳茶博会自2008年创办以来，已经发展成为全球规模第一的专业茶展。从展会规模上、展商等级上均成为行业之最。构建了一个"世界营销"的"深圳平台"，实现有效的合作；用"人文深圳"的关怀，挖掘、整理、展示、弘扬中国和世界茶文化中最绚丽夺目的精华。

社会活动篇

庆祝香港九七回归20周年颂

东方日出合天红，桌上中英[1]赞邓公[2]。
雪耻百年星月转，荣归九七国亨通。
得时暴雨[3]惊雷响，零点[4]通关叶吉隆[5]。
深港同欢两地乐，红旗舒展上天空。

注释

1. 桌上中英：中国政府代表与英国政府代表举行长达两年的回归谈判。
2. 邓公：指邓小平。
3. 暴雨：回归祖国当日天象变化。
4. 零点：香港于1979年7月1日回归祖国，中国军队于零时进关。
5. 叶吉隆：叶吉：和谐吉祥。例句：宋·欧阳修《英宗皇帝灵驾发引祭文》："今者因山为陵，卜万世而叶吉。"吉隆：吉祥兴盛。例句：《汉书·艺文志》："故圣王必正历数，以定三统服色之制，又以探知五星日月之会。凶阨之患，吉隆之喜，其术皆出焉。"

参加深圳边防营区文化活动

步入禁区[1]第一回，官兵崇礼[2]笑颜开。
军规纪事传芳迹[3]，英范楷模[4]列讲台。
烈日当空巡画界[5]，披星戴月听风雷。
特区建设飞流汗，威武之师展俊才。

注释

1. 禁区：深圳与香港交界处划分军事禁区。
2. 崇礼：尊敬而以礼相待。例句：《后汉书·江革传》：“再迁司空长史，肃宗甚崇礼之，迁五官中郎将。”
3. 芳迹：指前贤的行迹。例句：梁启超《爱国歌》之四：“君不见博望、定远芳迹已千古，时哉后起吾英雄。”

4. 英范楷模：英范：美好的典范。例句：《晋书·礼志上》："方今天地更始，万物权舆，荡近世之流弊，创千龄之英范。"楷模：典范，榜样。例句：《后汉书·卢植传》："故北中郎将卢植，名著海内，学为儒宗，士之楷模，国之桢干也。"
5. 画界：划定疆界。例句：汉·司马相如《上林赋》："封疆画界者，非为守御，所以禁淫也。"

观看深圳消防演习

消防战士练真功，抢险清场多协同。
挽救存生[1]和物产，一声传令向前冲。
浓烟滚滚水飞射，灰壤[2]蒙蒙火焰红。
紧急争先抢控点，人员疏散路连通。
认真操作察灾害，被困人员呼救声。
技术精深旅百[3]炼，攀爬拱顶[4]助逃生。
安全责任泰山重，敬业精神当五荣[5]。
为国争光讲奉献，何其[6]艰苦与牺牲。

注释

1. 存生：维系生命。例句：《庄子·达生》："世之人以为养形足以存生，而养形果不足以存生，则世奚足为哉！"
2. 灰壤：土壤尘埃。例句：《宋书·王僧达传》："再造之恩，不可妄属。故洗拂灰壤，登沐膏露。"
3. 旅百：形容陈列之物众多，指消防设备器材齐全。例句：《左传·宣公十四年》："小国之免于大国也，聘而献物，于是庭实旅百。"
4. 拱顶：穹隆状覆盖物的顶部。
5. 五荣：指忠、孝、仁、义、贤五种荣名。例句：汉·刘向《列女传·盖将之妻》："戎既灭盖，邱子独生，妻耻不死，陈设五荣，为夫先死，卒遗显名。"
6. 何其：不计较多么；何等。用于感叹句。《左传·僖公十五年》："二三子何其戚也！"唐·杜甫《义鹘行》："功成失所往，用舍何其贤！"

深圳市消防率先在国内实行了消防职业化改革，建立了国内第一支公务员编制职业化消防队伍。此后，随着特区经济和社会发展，逐渐发展壮大，2002年升格为深圳市公安局消防局（支队），为市公安局副局级直属机构，负责全市的安全防火三级垂直管理。

参加深圳义工活动

马甲工衣赤色红，义工志愿树新风。
助人为乐贯心[1]愿，丽日朝光春气[2]融。
帮困扶贫扬美德，社区友睦唱和通[3]。
端行善举淳风范[4]，四海云天挂彩虹。

注释

1. 贯心：深入心中。例句：《晋书·凉武昭王玄盛传》：

“富贵而不骄者至难也，念此贯心，勿忘须臾。”

2. 春气：春季的阳和之气。例句：《庄子·庚桑楚》：“夫春气发而百草生，正得秋而万宝成。”

3. 和通：温暖和洽。例句：汉·王粲《赠士孙文始》诗：“和通篪埙，比德车辅。”

4. 风范：风度；气派。南朝·宋·刘义庆《世说新语·容止》：“元规尔时风范不得不小颓。”

深圳市义工联是由共青团深圳市委发起，由志愿为青少年和社会提供义工服务的社会各界人士组成的社会团体，1990年4月注册，是大陆地区第一个义工法人社团。目前已成立了20个行业服务组，逐步完善了队伍的组织管理。2005年深圳出台了国内第一部地方性法律《深圳市义工服务条例》。

贺厦深高铁通车

高铁如龙穿粤东，满车旅客笑声融。
现场直播看全景，一路旌旗张挂红。
挖洞架桥铺轨道，刮风下雨日精工。
厦深千里报时到，城镇乡村利路通。

厦深铁路是我国中长期铁路网规划中“四纵四横”快速客运通道的“一纵”——东南沿海铁路的重要组成部分。北起厦门，经漳州、潮州、汕头、揭阳、汕尾、惠州引入深圳，全长502公里，其中广东段全长约356公里，福建段全长约146公里。

厦深铁路于2013年12月28日全线正式通车运营。该项目在更加便利广大潮汕人民出行的同时，也将极大地促进潮汕地区经济的发展。

参观深圳养蜂场蜜蜂赋

我喜欢小蜜蜂，它小巧玲珑，活泼可爱，朴实无华。虽然没有华丽的外衣，却有一颗甜蜜的心。每当春暖花开的季节，它以团队的精神，辛劳勤恳的工作，给春天的花儿授粉，使其开花结果，让自然世界更加和谐美丽。

每天不辞劳苦地采蜜，往返于鲜花和蜂巢间，淹没在姹紫嫣红中，为的是带给人类甜蜜的生活。

啊！小蜜蜂，叫嗡嗡，饮清露、沐春风、展翅膀、探险峰，花开花落风雨声。

情切切、意重重，无私奉献真情送。山高高、水深深，跳下山岗恋花丛，曼舞在草林中。

寒来暑往，春夏秋冬，花季雨季几相逢。游览了青山和绿水，飞进了峡谷和岩洞。穿越了蜜蜜林、淡淡云、雨蒙蒙，迎接朝霞旭日升。

岔开了薄薄露、雾重重，看见阳光雨后出彩虹。

啊！小蜜蜂，多珍重，赞美你，勤劳动，莫把甜蜜藏窝中。有了你，满园桃李结子成。

为你点赞，为你歌颂。百花有你更鲜艳，人类常以你为荣！

养蜂人追赶花期，四处漂泊，居无定所，四海为家。一年四季，他们一路追赶着起伏的花期跋山涉水，成群的蜜蜂是他形影不离的忠实伙伴。深圳的荔枝花、龙眼花开放的时节，就是适合蜜蜂采蜜的季节。

养蜂人闻的是蜜蜂的味道，有时还会被蜜蜂蜇一下。

多见山水林，少见车马人，受蜜蜂精神的影响，往往不觉得累。他们思想清新，以蜂为伴，生活有趣，养蜂采蜜是一项甜蜜的事业。

深圳玉兔强台风抢险

秋气呼天玉兔[1]冲，台风正面打飞蓬。
百年未遇带淋雨，一阵狂龙卷飓风。
屋顶平台翻瓦片，拔根大树倒西东。
军民合力抢灾险，广众齐心战蓄洪[2]。

注释

1. 玉兔：台风编号名称。指2013年16号玉兔强台风。

2. 蓄洪：为了防止洪水成灾，把超过河道所能排泄的洪水储存起来。

贺中华榜样馆开业

丽馆开张五彩纷，感人事迹咏心魂[1]。
英模双百[2]题红榜，文化熏陶又一村。

注释

1. 心魂：心神；心灵。例句：南朝·梁·江淹《杂体诗·效左思〈咏史〉》：“百年信荏苒，何用苦心魂！”
2. 英模双百：100位为新中国的成立做出突出贡献的英雄模范人物和100位新中国成立以来感动中国人物。

中华榜样馆的“双百英模”展览馆，共展出了200幅英模油画肖像，这些英模是由中央各部委联合组织、评选出的。

归字谣·贺深圳名人论坛会

其一

名，赤裸初生起字成，开宗[1]姓，相见叫传声[2]。

其二

名，处世无欺道品正，忠清靓[3]，积善满门荣。

其三

名，乐业安居大地行，持节省，美誉耳边清。

其四

名，荣辱安危有故情，昌华[4]景，孕育好端明。

其五

名，义淡情轻犯弊盲，和从[5]听，涵养敬勤诚[6]。

其六

名，恩怨情仇蠢气生，飘浮[7]性，酒脸对孤檠[8]。

其七

名，福寿康宁万事兴，谦恭敬，炳耀溢华庭。

其八

名，才誉功勋领众英，长呼应，勤奋福相迎。

其九

名，富贵荣华旺壮丁，传家庆，孝道德先行。

其十

名，天地玄黄[9]岁月更，丰隆永[10]，康健获双赢。

注释

1. 开宗：开始建立一支父系家族。例句：《逸周书》："管蔡开宗循王。"
2. 传声：传播声音。例句：北魏·温子升《捣衣》诗："香杵纹砧多远近，传声递响何凄凉。"
3. 忠清靓：忠清：忠诚廉正。亦指忠诚廉正的人。例句：汉·蔡邕《上封事陈政要七事》："宜追定八使，纠举非法，更选忠清，平章赏罚。"清靓：洁净。《汉书·王莽传下》："乃庚子雨水洒道，辛丑清靓无尘。"
4. 昌华：光华。例句：《南齐书·乐志》："盛德符景纬，昌华应帝策。"
5. 和从：附和顺从。例句：《汉书·梅福传》："积尸暴骨，快心胡越，故淮南缘间而起，所以计虑不成而谋议泄者，以众贤聚于本朝，故其大臣势陵不敢和从也。"
6. 勤诚：勤勉忠诚。例句：《隋书·炀帝纪下》："竭力王役，致身戎身，咸由徇义，莫匪勤诚。"
7. 飘浮：浮在空中随风移动。例句：《现代汉语规范词典》："白云在空中飘浮着一些粉尘。形容作风不踏实、不深入。"

8. 孤檠：孤灯。例句：清·陈维崧《清平乐·夜饮友人别馆听年少弹三弦限韵》词："欢场缱罢，去对孤檠话。"
9. 天地玄黄：泛指天地万物颜色。出自于《易经》。例句："天地玄黄，宇宙洪荒。混沌初开，自盘古大神开天辟地以来，天地间就孕化出各大种族，世间也陷入群魔乱舞，人神共愤的混乱局面。"
10. 隆永：昌盛而久长。例句：隋·薛道衡《隋高祖文皇帝颂》："鼎业灵长，洪基隆永。"

贺深圳潮汕商会十年大庆

潮韵春声

日出东方辉照人，中华潮汕一家亲。
五洲创业德为伍，四海为家善作邻。
游子同心铸伟业，乡贤携手淘金银。
精英智慧云鸿志，荟萃人文满眼春。

注：此诗是作者在深圳为2017年潮汕商会十年大庆文艺晚会上作为表演节目朗诵的七律诗。

贺深圳汕尾商会金秋联谊会

乡贤欢聚万殊[1]荣，红色之乡出俊英。
商贾[2]群豪淳厚德，文人墨客寻芳声。
举杯同讲弟兄话，落座齐如手足情。
帮困扶贫树典范，爱心奉献传崇名[3]。

注释

1. 万殊：各不相同的事物现象。例句：《淮南子·本经训》："包裹风俗，斟酌万殊。"

2. 商贾：商人。例句：《周礼·天官·太宰》："六曰商贾，阜通货贿。"
3. 崇名：崇高名誉、荣誉、尊号。例句：南朝·陈·徐陵《陈文帝哀策文》："大宝崇名，无间改作；纂武升历，遗爱实繁。"

深圳市汕尾商会是由汕尾市人民政府倡导，由汕尾籍在深企业家创办成立的团体，经深圳市民政局登记注册的大型联合性、地方性的社会组织。它是海陆商家名企沟通政府、内外交流、开拓市场、互动合作的重要服务平台，为会员单位服务和推进深汕合作服务的社团机构。

参加深圳陆丰市乡情报告会感怀

陆邑[1]文明丽史悠，洛洲芳草[2]遍山周。
碣台观海[3]眼波阔，戍卫要冲通六幽[4]。
图岭斜晖[5]春彩照，龙山烟树[6]翠云流。
仙桥夜月[7]弄清影，甲石吞潮[8]水荡舟。
乌坎归帆[9]渔满载，停云法岫[10]轻飘柔。
清云山[11]顶祥晖[12]丽，螺水[13]河边步迹[14]留。
碧海银滩[15]沙子秀，定光庙寺[16]观音求。
玄天上帝[17]灵签显，八景风光任放游[18]。

正字[19]方言白字[20]戏，民间文化独吟讴[21]。
金龙滚地[22]宋清色，皮影西秦[23]遗产悠。
金奖银牌[24]冠国级，色狮碣石[25]滚金球。
英歌甲子[26]布方阵，飘色[27]原型博美优。
对唱渔歌船上坐，湖东山顶[28]赛龙舟。
彩旗[29]飘展马街过，嘀嗒铜锣[30]伴步游。
你噜嘀都福佬[31]话，鱼扶去酷[32]古音留。
姿娘[33]胙姆[34]温柔雅，大步[35]男人执笔头。
高考三元[36]传捷报，达贤雅士华封[37]侯。
乐捐善举立清范[38]，帮困扶贫鸿造[39]修。
鱼米之乡墨宝地，地灵人杰竞风流。
崇文尚德睿才[40]志，四海升平一劲[41]收。

注释：

1. 陆邑：陆丰古名称。
2. 洛洲芳草：古代陆丰八景之一。洛洲即洛洲埔，位于陆丰市区（东海镇）西郊。洛洲埔便披上玲珑翠绿的地毯，如丝如织。一簇簇红的、黄的、白的小花点缀其间，散发着清纯的幽香。

3. 碣台观海：古代陆丰八景之一。位于碣石镇玄武山，旧时在玄武山上有三台石，称为碣台。碣石观海，如临蓬莱。历代文人骚客无不为之即兴抒怀。玄武三台石，明代时设祈雨龙坛于此，文革时与福星塔一同被毁。改革开放以后，重建了福星塔。游人登塔远眺，碣台观海景色尽现。
4. 六幽：指天地四方。例句：《文选·班固〈典引〉》："神灵日照，光被六幽。"
5. 图岭斜晖：古代陆丰八景之一。图岭即河图岭，岭下螺河环绕，岭上石壁巍峨，每当夕阳西下，踏崖登临，放眼浮石翠岫，一派落日斜晖的美景。
6. 龙山烟树：古代陆丰八景之一。龙山旧名金龙山，位于陆丰市区（东海镇）中心，始建于清乾隆七年（1742年）的龙山书院早已易名龙山中学，依然那样树人树木。更多的教学楼和教学设施的建设为"龙山烟树"增添了更加丰富的内涵和隽永的意境。龙山烟树现在已经消失。
7. 仙桥夜月：古代陆丰八景之一。迎仙桥始建于南宋宝佑二年（1524），其时为十三洞木桥。"邑南门外当新旧墟间，长一十三洞，宋宝佑甲寅知县肖泰夫建。"民间相传桥建后桥神肆虐，为祈求神明点化，迎接仙人常临人间驱邪造福而得名。
8. 甲石吞潮：甲子旧时称甲子门，因其港口有60块浪蚀奇石，傲然挺立，又与干支六十甲子相符。甲子由此得名。
9. 乌坎归帆：古代陆丰八景之一。乌坎即乌坎港，位于东海镇乌坎管区。一泓港湾，风平浪静，满载着收获归帆的渔船，桅樯罗列，画桨穿梭。渔火点点，船炊袅袅，港市一片繁忙。构成好一幅渔舟唱晚图。

10. 停云法岫：古代陆丰八景之一。法岫为古时法岫山，又称法留山，位于陆丰市潭西镇广汕公路北侧。唐代元和年间，大颠法师于此修炼，得道后隐灵山。后人取僧去法留之意，“法留山”“大颠岩”故此得名。

11. 清云山：清云山位于河西北部的青云山麓，初建于明崇祯四年（1631年），是东江地区闻名的佛教古刹。据碑文记载：伏以慈航普济，法雨宏施，佛刹庄严，琼光瑞霭。

12. 祥晖：吉祥的日光。例句：唐中宗《祀昊天乐章》：“戎车盟津偃，玉帛涂山会。舜日启祥暉，尧云卷征旆。”

13. 螺水：从陆河上游流过的螺溪之水。

14. 步迹：历史遗迹。

15. 碧海银滩：指金厢银滩。是中国工农红军“八一”南昌起义失败后周恩来抢渡往香港的地方。

16. 定光庙寺：定光寺，初建于明崇祯四年（1631年），是东江地区闻名的佛教古刹。据碑文记载：伏以慈航普济，法雨宏施，佛刹庄严，琼光瑞霭。湾云上瑶台，紫竹林中杨柳，泉石松峰，院檐招展，瑶池莲座，垂下十二栏杆，甘露菩提。开九重之殿宇，擅起积千秋之香火。

17. 玄天上帝：指陆丰碣石玄武山寺供奉的玄武神坛。

18. 放游：纵游；漫游。例句：唐·李公佐《南柯太守传》：“吾放游，获受知於右相武成侯段公，因以栖託。”

19. 正字：陆丰市剧种之一。以中州音韵官话（正音）唱念，系南戏遗响，距今已有800多年的历史，历来被中外戏剧界专家、学者誉称为中国戏剧活化石。明洪武初年从温州、弋阳传入碣石卫，流行于陆丰市。

20. 白字：白字戏曲剧种。正字戏传入闽南、粤东后，与当地的潮调、泉调及传统民间艺术相结合，并用方言演唱而逐渐形成。当地称中州官话为“正字”，称本地方言为“白字”，故名白字戏。

21. 吟讴：吟哦；吟诵。例句：宋·梅尧臣《韵语答永叔内翰》：“缀之辄成篇，聊以助吟讴。”

22. 金龙滚地：陆丰南溪村被广东省文化厅授予“民族民间艺术之乡”称号，滚地金龙被编入《中国舞蹈志》，并在国家和省级地区的重大活动中多次获奖，被列入国家级非物质文化遗产名录。

23. 皮影西秦：陆丰皮影戏是中国三大皮影系统之一，汕尾皮影的惟一遗存，表演者是广东省惟一的专业皮影剧团。唱腔、配乐，地方特色浓厚，绘画、雕刻精致，表演生动逼真，优雅可观。西秦：广东省三大稀有剧种之一，西秦戏又称乱弹戏，中国传统戏曲剧种之一。明代由西北地区的秦腔流入陆丰市，与地方民间艺术结合，至清初形成陆丰市地方戏。

24. 金奖银牌：陆丰市文化分别获国家、省、市多项奖状。

25. 色狮碣石：碣石五色狮，历史悠久，意蕴深邃。是我国地方特色非常浓郁的民间传统舞蹈之一，被列入广东省第三批非物质文化遗产名录。

26. 英歌甲子：甲子英歌舞参加“第八届中国民间艺术节暨第九届中国云冈文化节艺术展演”，荣获金奖；入选国务院第三批国家级非物质文化遗产名录。

27. 飘色：陆丰县博美镇在清乾隆三十三年间从苏州传入，至今已有240年历史。飘色挑选8—12岁男女儿童为扮演者，每架飘色需3—5人。2009年入选省级第三批非物质文化遗产名录。
28. 湖东山顶：湖东旱龙船在山顶比赛，又称山龙船。传承至今，已有300多年的历史。
29. 彩旗：陆丰市民间庆典游街大旗。
30. 嘀嗒铜锣：陆丰市民间红白事喜丧用鼓乐大吹器具。
31. 福佬：福建闽南语。
32. 鱼扶去酷：潮州与陆丰方言并用。
33. 姿娘：指美丽姑娘（潮汕、海陆丰话称呼）。
34. 肺姆：指性别女人（海陆丰话称呼）。
35. 大步：大步人指男人（海陆丰话称呼）。
36. 三元：指古代科考三甲，即状元、榜眼、探花。
37. 华封：封赏；奖励。
38. 清范：高洁的风范。例句：唐·王维《为王常侍祭沙陁鄁国夫人文》：“懿此清范，夫人之则。”
39. 鸿造：犹鸿恩修德。例句：唐·上官仪《为朝臣贺凉州瑞石表》：“臣等自省微生，幸霑鸿造。”
40. 睿才：聪慧超群的才能。例句：唐·李憕《奉和圣制从蓬莱向兴庆阁道中留春雨中春望之作应制》：“已知圣泽深无限，更喜年芳入睿才。”
41. 一劲：犹一直，表示持续不断。

贺深圳同学联谊会

离别村园卅八年，陈辞往事忆从前。

风华正茂潜鸿志[1]，意气轩昂郁勃然[2]。

应届同窗七七级，科班共读八雄篇。

一张旧照怀飞梦[3]，男女嬉春尽斗妍[4]。

注释

1. 鸿志：远大的志向。例句：唐·戴叔伦《孤鸿篇》："鸿志不汝较，奋翼起高飞。”

2. 郁勃然：郁勃：形容气势旺盛或充满生机。例句：《鬼谷子·权篇》：“怒者妄动而不治也。”南朝·梁·陶弘景注：“怒者郁勃，故妄动而言不治也。”勃然：兴旺兴起貌。例句：《庄子·知北游》：“注然勃然，莫不出焉；油然漻然，莫不入焉。”
3. 飞梦：指梦中飞越。例句：宋·龚鼎臣《东原录》：“夏侯曰：夜来飞梦到瑶池，借得周王八骏骑。”
4. 斗妍：犹斗艳，比美。例句：清·孙元衡《裸人丛笑篇》之七：“猫女腻新相斗妍，醉歌跳舞惊鸿翩。”

满庭芳·贺陈氏宗亲会

帝祖轩昂[1]，王朝封赏[2]，舜禹[3]群姓鸿光。经魁红榜[4]，陈国永怀乡[5]。世泽[6]相传守望[7]，长育养[8]，礼范纲常[9]。恭谦让[10]，世人展样[11]，馨德盛名[12]扬。

担当[13]，诚力壮[14]，财丁兴旺，鼎族[15]辉煌。未来寄厚望，南粤开疆[16]。汉史流芳雅尚[17]，人敬仰[18]，誉满炎黄。清高亮[19]，颍川贵上[20]，妫裔[21]万年长。

注释

1. 帝祖轩昂：帝祖：天帝和先祖。例句：南朝·齐·谢朓《齐雩祭歌》："张盛乐，奏云儛，集五精，延帝祖。"轩昂：雄健高昂，精神饱满。例句：《西游记》第二十三回："师父喘息始定，抬头远见一簇松阴，内有几间房舍，着实轩昂。"
2. 王朝封赏：王朝：执政朝廷。例句：田北湖《论文章源流》："而此史者，记事与言之凭藉；异夫三代属于王朝公廷，一氏一人之典要。"封赏：古时帝王把官爵或财物奖给臣下。例句：《南史·宋纪上》："十月，论匡复勋，封帝豫章郡公，邑万户，赐绢三万疋。其余封赏各有差。"
3. 舜禹：虞舜和夏禹的并称。例句：《史记·五帝本纪》："自黄帝至舜禹，皆同姓而异其国号，以章明德。"
4. 经魁红榜：经魁：明清科举考试分五经取士，每科乡试及会试的前五名，即分别于五经中各取其第一名，称为经魁。例句：《初刻拍案惊奇》："叫喊连天，锣声不绝，扯住讨赏，报灿若中了第三名经魁。"红榜：光荣榜。例句：郭小川《他们下山开会去了》诗："他们自己呢，也上了先进工人的红榜！"
5. 陈国永怀乡：陈国：春秋战国时期的诸侯国名，陈国（公元前1045年—公元前478年），出土金文资料作敶。它是西周至春秋时期的周朝诸侯国，国君妫姓，是虞舜后裔。永怀：长久思念。例句：晋·陶潜《有会而作》诗序："岁云夕兮，慨然永怀。”怀乡：思念故乡。

6. 世泽：祖先的遗泽。主要指地位、权势、财产等。例句：清·姚衡《寒秀草堂笔记》卷三：“余既识其前后岁月，而慨夫能守之难也。”

7. 守望：看守；等待盼望。例句：王闿运《哀江南赋》：“获妇姑之麦，劳疆埸之臣。禾桑坐槁，守望非真。流亡饥馑，歼我农人。”

8. 长育养：长育：养育；使之长大。例句：《左传·昭公二十五年》：“为温慈惠和，以效天之生殖长育。”育养：抚养；养育；生息。例句：《汉书·王莽传上》：“今众事烦碎，朕春秋高，精气不堪，殆非所以安躬体而育养皇帝者也。”

9. 礼范纲常：礼范：谓礼节容仪足以示范于人。例句：明·李东阳《送李士常》诗：“闺庭巡礼范，伯仲同馨芳。”纲常：“三纲五常”的简称。封建时代以君为臣纲，父为子纲、夫为妻纲为“闺庭巡礼三纲。仁、义、礼、智、信为五常。”例句：宋·周密《齐东野语·巴陵本末》：“古今有不可亡之理。理者何？纲常是也。”

10. 恭谦让：恭谦：犹恭逊。例句：《后汉书·皇后纪上·光武郭皇后》：“况恭谦下士，颇得声誉。”谦让：谦虚礼让。例句：马南邨《燕山夜话·为什么会吵嘴》：“我们中国人历代相传，都以谦让为美德。”

11. 展样：像样。指有气派，够一定标准。例句：《红楼梦》第六十七回：“真是大户人家的姑娘，又展样，又大方。”

12. 盛名：很大的名望。例句：瞿秋白《赤都心史》："全世界盛名的名伶沙略屏唱歌曲助兴。"
13. 担当：承担并负起责任。例句：明·唐顺之《与俞总兵虚江书》："若夫为国家出气力，担当大任，有虚江辈在，山人可以安枕矣。"
14. 诚力壮：诚力：忠心和能力。例句：《南史·褚裕之传》："（裕之）从征鲜卑，尽其诚力。"力壮：身魁强壮。
15. 鼎族：豪门贵族。例句：南朝·梁元帝《讨侯景檄》："诸君或世树忠贞，身荷宠爵，羽仪鼎族，书勋王府。"
16. 开疆：占领扩大领土，开拓疆域。例句：明·张居正《谢赐貂鼠疏》："昔宋祖开疆重武，远颁介胄之臣；今明主稽古右文，特赐章缝之侣。"
17. 雅尚：风雅高尚。例句：《三国志·魏志·徐邈传》："比来天下奢靡，转相仿效，而徐公雅尚自若，不与俗同。"
18. 敬仰：尊敬仰慕。例句：《后汉书·儒林传下·周泽》："（孙堪）及为长吏，所在有迹，为吏人所敬仰。"
19. 清高亮：清高：纯洁高尚。例句：《孔丛子·抗志》："夫清高之节，不以私自累，不以利烦虑，择天下之至道，行天下之正路。"高亮：高尚；崇尚；提倡。例句：汉·荀悦《汉纪·成帝纪一》："时五侯群弟竞为奢，通敏人事，好士养贤，倾财施与，以相高尚。"
20. 贵上：爱护和尊重君主。尊贵显要。例句：杨倞注《荀子·议兵》："未有贵上安制綦节之理也。"

21. 妫裔：南北朝陈国，中国历史上春秋战国时代的一个诸侯国，国君本为妫姓。舜后裔，建国君主陈胡公本名妫满，据胙土命氏的惯例称陈氏，遂名陈满，字少汤。建都宛丘，公元前479年为楚国所灭。

水调歌头·贺深圳潮汕春茗会

丽日风和暖，南国百花妍。鹏城春茗鸿典，盛况碧空前。四市精英丹款，伴侣德容[1]瞅见，祥瑞彩云间。莲步风姿[2]展，满溢玉生烟。

大潮汕，宏图展，陛荣[3]冠。群星璀璨，商贾[4]携手敢人先。勇立潮头领干，描绘百年画卷，兴会集群贤。快乐畅心愿，希望寄明天。

注释

1. 德容：指女子的德行与容貌。例句：清·沉复《浮生六记·坎坷记愁》："愿君另续德容兼备者，以奉双亲，抚我遗子，妾亦瞑目矣。"
2. 凤姿：凤凰的英姿。常用以称美别人。例句：唐·刘禹锡《浙西李大夫示述梦并酬和浙东元相公斐然继声》："凤姿常在竹，鹓羽不离蒿。"
3. 陛荣：指荣升京官。例句：宋·王安石《贺杭州蒋密学启》："右某近者伏审拜命徽章，陛荣北省，伏惟庆慰。"
4. 商贾：商人。例句：《周礼·天官·太宰》："六曰商贾，阜通货贿。"

深圳市潮汕商会的前身是潮商工作委员会和2008年6月成立的深圳市总商会潮汕商会。深圳市潮汕商会正式成立于2010年1月，是代表潮汕四市在深圳的企业家的集团式商会，属深圳市5A级社会组织。

满江红·烈士日深圳怀念牺牲战友

春草青青，魂无影、烛光虹映。幽噎哽，低声哀听，悲风溟冷。三十八年凄寂静，一锄尘土陪青杏。称尊姓、碑志刻芳名，端如镜。

岁月更、雄狮醒，龙鼎定、安和宁。八一笙歌咏、号军从命。同死共生飞眼炯，保家殉国显神圣。巍崇敬、百世冠荣声，丹华盛。

参加道德模范人物姚贝娜逝世追悼会

昨夜狂风暴雨中，花魂[1]游荡[2]玉莲蓬[3]。
冰容[4]笑貌随云去，霞赤丹虹[5]映碧空[6]。
德艺馨荣[7]同赞佩[8]，崇明善举和清风。
眼睛角膜[9]救民众，天籁遗音绕月宫。

注释

1. 花魂：指花的韵致。例句：元·郑元佑《花蝶谣题舜举画》诗："花魂迷春招不归，梦随蝴蝶江南飞。"

2. 游荡：漫游；闲游放荡。例句：《诗·陈风·宛丘序》："《宛丘》，刺幽公也，淫荒昏乱，游荡无度焉。"
3. 莲蓬：莲花开后的花托，圆锥形，里面有莲子。例句：清·陈维崧《蝶恋花·六月词》："剥罢莲蓬何处使，挼来做筒人儿戏。"
4. 冰容：谓女子洁白纯净的面容。例句：唐·施肩吾《赠施仙姑》诗："缥缈吾家一女仙，冰容虽小不知年。"
5. 丹虹：赤色。例句：南朝·梁简文帝《新成安乐宫》诗："遥看云雾中，刻桷映丹红。"
6. 碧空：蔚蓝色的天空。例句：孤帆远影碧空尽。——唐·李白《黄鹤楼送孟浩然之广陵》诗。
7. 馨荣：美德荣誉。例句：清·黄淇《〈明忠肃于公文集〉序》："忠在一时，声称永久。其馨荣更为何如耶！"
8. 赞佩：赞美佩服。例句：魏巍《东方》第四部第十四章："'好快哟！'郭祥两眼放光，又是羡慕又是赞佩地说。"
9. 眼睛角膜：姚贝娜生前遗愿，死后捐出眼睛角膜给二位病患者带去光明。

姚贝娜，1981年9月26日出生于湖北省武汉市，毕业于中国音乐学院声歌系。中国流行女歌手、青年歌唱家、中国文艺志愿者协会原理事、中国人民解放军海军政治部歌舞团原独唱演员（2009年退伍）。四岁开始学习钢琴，九岁第一次登台演唱。多次在全国、省、市级的歌唱比赛中获奖。

2015年1月，因为乳腺癌恶化，在北京大学深圳医院救治。父母签署了姚贝娜眼角膜捐献志愿书。1月4日16时55分，因乳腺癌复发，于北京大学深圳医院病逝，年仅33岁。

她的眼角膜捐献给深圳、武汉和成都的患者，成为深圳市第694位角膜捐献者，她的眼角膜已成功救治三人，剩余角膜还可帮助四个人。

参加悼念学雷锋标兵傅天省逝世追悼会

酷热炎炎大暑天，悲心闷闷夜难眠。
标兵模范传哀耗[1]，邻舍亲朋感哽咽[2]。
爱国爱军四十载，好人好事德当先。
音容笑貌长思念，一曲诗歌逸俊贤[3]。

注释

1. 哀耗：犹噩耗。例句：庞树柏《鹣鹣行为邑中贞烈严毛氏作》：“中宵得哀耗，纤趺遽奔驰。”
2. 哽咽：悲叹气塞；泣不成声。例句：《乐府诗集·焦仲卿妻》：“举言谓新妇，哽咽不能语。”
3. 逸俊贤：逸俊：英俊洒脱；超群拔俗。例句：晋·道安《二教论·归宗显本》：“有东都逸俊童子问于西京通方先生。”俊贤：才德杰出的人。例句：三国·魏·阮籍《奏记诣蒋公》：“群英翘首，俊贤抗足。”

傅天省同志坚持学雷锋做好事长达40年，在社会上引起了巨大的反响。1993年至今，先后获得全国学雷锋积极分子、全国爱国拥军模范、广东省学雷锋标兵、深圳市文明市民和荣誉市民、广东省第九届人大代表等荣誉称号，受到中央、省、市领导的接见，他一生无私奉献的精神值得赞扬。

贺老红军廖壁生寿诞

廖君抗美上战场，壁记援朝情谊长。

生去伤回不叫苦，寿诞鲜花映碧芳。

2016年6月26日，应邀在南山参加廖府的生日寿宴。即兴为抗美援朝老英雄廖壁生作诗一首。廖老祖籍是广东陆河县，曾任陆丰县师范学校校长。廖老现年86岁，身健力壮，一生爱国爱家、谦虚谦逊、勤耕勤奋、朴素朴实，值得我们学习。